봄, 기다리다

봄, 기다리다

1판 1쇄 발행 | 2022년 6월 20일

지은이 | 김애자
발행인 | 이선우
펴낸곳 | 도서출판 선우미디어
　　　　등록 | 1997. 8. 7 제305-2014-000020
　　　　02643 서울시 동대문구 장한로12길 40, 101동 203호
　　　　☎ 2272-3351, 3352 팩스: 2272-5540
　　　　sunwoome@hanmail.net
　　　　Printed in Korea ⓒ 2022, 김애자

값 13,000원

※ 이 책은 충청북도, 충북문화재단 문화예술지원사업의
　우수창작지원사업 지원금으로 발간되었습니다.

※ 잘못된 책은 바꿔 드립니다

ISBN 978-89-5658-700-4 03810

봄, 기다리다

김애자 수필집

선우미디어 sunwoomedia

작가의 말

　수필, 한 우물만을 팠습니다. 자신만의 패러독스에 묶이지 않고, 문학적인 정조(情操)를 통해 나와 이웃들과, 행성이란 별밭에 뿌리를 내리고 살아가는 모든 생명들이 지닌 생존의 본성과 그 가치를 옹호할 수 있어서였습니다.

　지나간 것들은 하나같이 그리움이란 항성을 지니고 있습니다. 세수 팔순 문턱에 닿고 보니 미래의 시간은 닫히고 침묵과 공백이 길어집니다. 기억의 뿌리를 밀고 당기어 원하고 사랑했던 것들과, 아프게 떠나간 사람들과, 오랜 시간 참아낸 것들에 대한 해후와 연민이 깊어집니다.

　≪점은 생명이다≫ 출간 이후 여러 잡지에 발표했던 작품들을 한자리로 불러들이고자 출간을 준비했습니다. 그 과정에서

몇 편은 개작했음을 밝힙니다.

이 한 권의 책이, 삶에 지치고 외로운 이들에게, 슬픈 호흡으로 야위어 가는 이들에게, 잠시라도 위로가 되기를, 때론 쉼터가 되기를 바라지만 이것도 과욕이라면 이마저 내려놓을 것입니다.

지금은 나무들이 수관을 높이고, 먼저 핀 꽃들은 열매를 키울 때입니다. 성하의 계절에 책을 내도록 지원해 주신 충북문화재단과, 출간에 도움을 주신 선우미디어 사장님께 감사의 말씀 전합니다.

2022년 6월

김애자

차례

2. 귀로

3. 고요하다

1.

봄의 서곡

새벽마다 마을 어귀에서
얼음이 갈라 터지는 소리가 골 안을 흔든다.
그러면 용케도 휘파람새가 찾아와 운다.
박명의 적막 속에서
휘파람새가 작은 부리를 열어 애처롭게 울고,
멀리서 빙판이 갈라지는 소리를 들으면
나의 폐에선 어김없이 바튼 기침을 쏟아낸다.
—본문 중에서

봄을 기다리다

아파트 건너편에 있는 과일가게가 문을 닫았다. 스마트폰 대리점을 하던 청년들이 떠난 자리에 젊은 내외가 과일가게를 차렸던 것이다. 40대 중반 정도의 젊은 내외가 진열대 가득 과일을 들여놓고 지나가는 사람들을 붙잡고 단골손님이 되어줄 것을 부탁하며 떡 접시를 돌렸었다. 그러나 반년을 버티지 못하고 문을 닫고 말았다. 짐작하건대 경제적 손실이 상당히 컸을 것이다. 생물이라 사나흘만 지나면 상품 가치가 떨어진다. 팔지 못해 상한 과일을 쓰레기통에 처분할 적마다 그들은 살을 베어내는 아픔을 겪었을 것이다.

코로나바이러스로 언택트란 신종어가 우리의 일상으로 개

입하면서 많은 사람이 이처럼 경제적 손실을 당하며 살아가고 있다. 대학을 나오고 박사학위를 취득하고서도 취업할 곳이 없어 젊은이들은 각자도생하기도 어려운 지경에 이르렀다.

지난해 중학생이 된 손녀는 교복을 입어보지 못하고 인터넷을 통해 출석체크를 확인받으며 온라인 학습으로 한 학기를 보내야 했다. 학생들이 나오지 않는 운동장은 텅 비어 있었다. 유치원도 비었고, 아파트 단지에 마련해 놓은 커뮤니티센터도 경로당 문도 닫혔었다. 노인대학에서 풍수지리를 배우던 남편은 연초에 향교에서 논어 강습까지 듣겠다고 계획을 세웠으나 겨울방학이 끝나는 시점에서 바이러스 광풍이 무서운 속도로 번지자 그의 꿈은 무산되고 말았다. 비슷한 또래들이 모여 정담을 나누며 점심 한 끼만은 공짜로 얻어먹던 급식소도 문을 닫아걸었다. 닫힌 문의 정적은 견고함으로 요약되었다.

아파트 지하 주차장은 늘 차가 가득했다. 재택 근무하는 젊은이들이 많다는 증거였다. 직접이 아닌 스마트워크를 통해 업무를 보는 새로운 방식이 전개되었던 것이다. 이웃과 이웃이, 동료와 동료 간의 연대감이 사라진 모두가 개체로 존재할 뿐이었다. 코로나 방역수칙 2.5단계는 가족들과 만남마저도 허락하지 않았다. 해마다 모여 떡국을 먹으며 즐기던 양력설에도 아들 내외와 손자 손녀는 스마트폰으로 잠깐 영상통화로 안부를 주고받았다. 실체 없는 안부란 돌아서면 허탈하기 그지없다. 방금 웃고 떠들던 목소리와 모습이 사라진 손바닥 크기의 화면이 꺼지면 갑자기 몰려오는 정적과 허탈감은 실로 감당하기 어려웠다. 눈에 보이지도 않는 미생물 일종인 코로나19는 소위 포노 사피엔스란 신인류들의 목숨과 자유를 담보로 자신의 위력과 존재를 극명하게 드러냈다. 식자들은 이걸 지구의 재앙이 시작되는 것이라고 했고, 인간이 자연을 거역한 대가라고도 했다. 가까운 지인은 지금 코로나가 우리에게 보내는 메시지를 제대로 해독하지 않으면 다음엔 자연으로부터 더 가혹한 재앙을 받게 될지도 모른다고 우려하였다.

펜실베이니아에서 살고 있는 친구로부터 온 메일은 더욱 놀라웠다. 뉴욕 뒷골목엔 코로나에 걸려 죽은 노숙자들이나 불법 이민자들의 시신이 아무렇게나 방치되어 있다고 했다. 연고가 없어 거리에 방치된 시신들을, 삼사일에 한 번씩 트럭에 주워 싣고서 시에서 지정한 장소에 파 놓은 커다란 구덩이에 쏟아버리면 포크레인이 뒤따라와 흙으로 덮어버린다는 얘기였다. 이런 현상은 뉴욕뿐만 아니다. 지구촌 곳곳에서 수많은 주검이 인간의 존엄성을 상실한 채 처리되었다. 죽음이란 살아 있는 자들이 육신을 버리고 홀로 떠나는 초행길이다. 그 초행길로 떠나는 마지막 인사가 그 지경이었던 것이다. 평소 생의 의미와 삶의 진정성과 인간의 가치를 탐색하던 나의 철학적 사유가 허무감에 빠져들었다.

산촌에서 20년을 살다가 육신이 노쇠해져 신도시 아파트로 나왔다. 땅만 딛고 살던 나에게 낯선 환경은 우울증과 불면이 손을 맞잡고 괴롭혔다. 겨울의 짧은 해는 다섯 시 반이면 어둠살이 내렸고, 다음날 여명을 기다리는 시간의 길이는 아득했다. 불면으로 피부가 까칠해지고 입안은 늘 화끈거렸고, 두통 또한 떠나지 않았다. 이런 사정을 둘째 아들은 핏줄에 의한 예감이었을까. 종종 몸이 아파 힘들어하거나 일이 풀리지 않아 고심할 적마다 책을 사서 보내곤 한다. 이번에도 한동일이 쓴 《라틴어 수업》을 인터넷으로 주문해 보내왔다. 하드커버로 된 검은색 표지에 금빛으로 보리수나무과에 속하는 커다란 관목을 중심으로 고풍스런 디자인이 독특했다. 첫 장을 열자 저자가 사인한 글귀에 정신이 번쩍 들었다.

"살아가는 모든 순간 새봄을 맞이하는 마음으로."

새봄이란 단어가 감정의 파장을 일시에 일으켰다. '그래 곧 봄이 오겠지. 봄이 오면 저 황량한 들판에 연둣빛이 감돌겠지. 아니 아지랑이도 피어오르겠지.' 아지랑이는 겨울잠에서 깨어난 흙의 숨결이다. 흙의 숨결이 햇볕과 만나 공기의 흐름을 타고 가물가물 춤을 추는 아련한 풍경이라니, 어두운 동굴에서 한줄기 따뜻한 빛을 만난 반가움이 우울증을 앓던 나를 일으켜 세웠다.

　나는 흙의 숨결이 들녘에서 가물가물 피어오르기 시작하면 과일가게를 접은 젊은 내외도 한 번쯤은 가슴을 펴고 봄볕이 쏟아지는 들녘으로 나서길 기원한다. '살아가는 모든 순간 새봄을 맞이하는 마음'으론 봄을 맞이하긴 어렵더라도 마른 가지에서 새싹이 움트는 생명의 강인함을 한 번쯤은 눈여겨 보면서 다시 일어설 용기를 얻기를 바라는 마음 간절하다. 삶이 바닥을 쳤다면 다시 일어설 기회가 아니겠는가. 실패란 쓰라린 경험이 도리어 앞으로 진일보할 수 있지 않겠는가. 그들은 아직 젊다. 그게 희망이기에 나는 오늘도 15층 꼭대기에서 두 번째 봄을 기다린다.

(『계간수필』 2021. 봄호)

8월, 저녁 한때는 시그널 뮤직을

8월엔 입추와 처서가 들어있다. 절기로 처서가 지나면 식물들은 더는 성장 세포를 만들지 않는다. 정점에 이르렀기 때문이다. 벼가 패고 꽃이 피는가 하면, 시퍼렇게 날을 세우고 계엄군처럼 천변을 점령하던 억새 포기에도 배동이 선다. 동부 콩알이 꼬투리 안에서 태아처럼 하얀 막을 뒤집어쓰고 영글어가는 것도 이때부터다.

8월엔 태양의 열기도 절정에 이른다. 한낮이면 앙정머리 없이 내리꽂히는 햇볕으로 아스팔트는 불가마를 연상케 한다. 호박잎이 지열을 견디지 못해 축축 늘어지고, 연잎에 자발없이 올라앉은 청개구리는 턱밑 살가죽이 발랑거리도록 가쁘게 숨을 몰아쉰다.

이런 폭염 속에서도 고속도로는 종일 붐빈다. 일 년에 한 번뿐인 휴가를 즐기려는 직장인들이 연인이나 혹은 가족들과 추억을 만들기 위해 바다로, 강으로 계곡으로 떠나는 행렬이 줄을 잇는다.

양력 8월은 음력으로 치면 7월에 해당된다. 이때쯤이면 농가에선 김매기와 김장배추 파종마저도 끝난 터라 한가롭다. 그래 어정칠월이라고도 한다. 강촌에 살던 두보 선생이 종이에다 장기판을 그리는 늙은 아내와, 어린 아들이 낚시 바늘을 만드는 모습을 시에 등장시키던 때도 필경 어정칠월이었을 것이다.

나에게도 팔월은 책 읽기에 좋은 시절이다. 그러나 책을 읽기 전에 앞서 책을 거풍시키는 일이 먼저다. 흰 면장갑을 끼고 서재로 들어가 오래된 화집이나 전집과 고전을 누마루로 내다가 바람을 쐰다. 이때 책장을 넘기다 보면 책갈피에서 꽃잎이나 나뭇잎이 나오곤 한다. 그러면 잠시 손을 놓고 이런 것을 따서 책갈피에 끼우던 때가 언제였던가, 타임머신을 타고 과거로 돌아가지만 퇴화된 나의 기억은 매번 시간의 미로에서 헤매다 돌아오곤 한다.

여름엔 쪽수가 많은 책보다는 단행본이 좋다. 지난여름엔 한강이 쓴 ≪채식주의자≫와 포리스트 카터가 쓴 ≪내 영혼이 따뜻했던 날들≫과 ≪다산 산문집≫을 잼처 읽었다.

책을 읽다가 엉덩이가 의자에 마치면 마당으로 내려가 소나무 아래에 놓인 바위에 걸터앉는다. 귀가 따갑도록 울어대는 매미울음을 듣거나 데크 난간 사이에서 열심히 그물을 짜는 거미의 행동을 지켜보는 것도 심심치 않다.

녀석은 언제나 혼자다. 저 혼자서 진액을 방사하여 허공에다 그물을 짜는데 내 눈이 침침하여 녀석이 난간과 난간 사이를 바쁘게 오고 가는 모습만 보인다. 그러나 한참 후면 우산살 모양의 은색 그물이 완성될 것이다. 그다음엔 한쪽 귀퉁이에서 죽은 듯 숨어 먹잇감이 걸려들기를 기다릴 것이다. 그런 거미가 유독 외롭고 허기져 보이는 것은 늘 혼자서 행동하기 때문일 게다.

가끔 소나기가 지나가면 이건 예기치 못한 특별 보너스다. 번개가 번쩍 섬광을 긋고 천둥이 지축을 흔들며 비바람을 몰고 기마병처럼 달려오면, 열어 놓았던 창문을 재빠르게 닫아야 한다. 빨랫줄에 걸린 수건이나 옷가지들도 어마지두 뛰어나가 거둬들인다.

소나기는 빗방울이 굵다. 굵어서 생동감이 넘친다. 사선으로 내리꽂히는 빗방울이 연잎을 두드리고 칸나 잎을 후려친다. 장독대 옆 봉숭아꽃과 배롱나무꽃이 송이째 떨어져 빗물을 타고 둥둥 떠내려간다. 바라만 보아도 장쾌한 카타르시스다.

소나기가 지나간 저녁엔 애호박전이 제격이다. 빗물에 씻긴 애호박을 따다 채 치고, 부추도 한 줌 뜯어 넣고, 청양고추는 잘게 다져 감자전을 부친다. 이때 냉장고에서 캔 맥주를 꺼내어 잔에 붓는다. 막걸리가 더 어울릴 터이나 20리 산 밖으로 나갈 일이 엄두가 나지 않아 맥주로 대신한다.

맥주는 남편의 여름철 음료다. 노란 액체가 유리잔에 반쯤 차고 나머지는 거품이다. 입술에 거품을 묻히며 단숨에 들이

켜곤 따끈한 전을 젓가락으로 살살 뜯어 먹는다. 그런 후에는 오래된 오디오 뚜껑을 열고 나나 무스쿠리의 음반을 꺼낸다. 〈사랑의 기쁨〉과 〈어메이징 그레이스〉와 〈태양의 계절〉을 듣고 있으면 흑발에 검은 테 안경을 낀 그녀의 모습이 선연하게 떠오른다.

이렇게 소나기가 지나간 8월 저녁 한때는 사운드트랙이나 배철수의 음악캠프로 들어가 시그널 뮤직을 듣는 것도 자신만을 위한 시간으로 괜찮은 방법이다. 사람은 자신의 기량을 마음껏 펼칠 때도 행복하지만, 조용히 혼자만의 시간 안으로 들어가 자신이 좋아하는 것을 위해 시간을 보낼 때가 더 행복하다.

(『한국산문』 2017. 8월호)

기차는 오지 않고

요양병원은 생의 유통기한이 다 된 사람들만 모이는 곳이다. 갈등의 길항 작용이 멈추고, 개인의 인적 네트워크 기능이 차단된 곳. 삶의 서사가 사라지고 식욕이란 무의식적인 본능만이 생존이란 명분을 유지하는 곳. 하여 나는 이곳을 죽음의 대합실이라고 부른다. 죽을 수도 죽어지지도 않는 목숨들이 생로병사란 절차에 갇혀 언제 올지도 모르는 죽음의 열차를 기다리고 있기 때문이다. 누구나 건강할 땐 늙고 병들어도 자신은 절대로 요양시설론 들어가지 않을 것이라고 장담하지만, 나이 들어 인지능력이 떨어지고 수족이 말을 듣지 않아 남의 손을 빌려야 할 상황에 이르면 가족이란 공동체에서 분리되어 결국 요양시설이란 마지막 기착지에 편입되고 만다.

도시 근교의 요양병원은 대체적으로 규모가 크고 시설이 좋은 편이다. 그러나 아무리 환경이 좋아도 환자들 안색은 하나같이 침울하다. 환자들 반수 이상 정신상태가 온전하지 못해 그러하다 쳐도 의식이 온전한 사람들조차 종일 눈을 감고 있거나 말문을 닫고 있기 때문이다. 자신의 뜻과는 상관없이 어느 날 갑자기 낯선 곳으로 밀려난 것에 대한 불안감과 함께 가족들로부터 버림받았다는 일종의 배신감과 소외감이 말문을 닫게 했을 터이다. 더구나 한 번 들어오면 죽어서야 나가는 곳이다. 현대판 고려장이라 불리는 이곳엔 오늘도 이성적 사고가 제구실을 못하는 노구들이 차고 넘치는데, 죽음의 기차표는 매진 상태다.

창순 여사는 휠체어 바퀴를 밀어보려고 용을 쓰지만 당신이 가고자 하는 방향으로 말을 듣지 않는다. 화장실 출입만이라도 스스로 할 수 있기를 원하지만 굳어가는 육신은 도무지 주인의 말을 들어주지 않는다.

노인은 지쳐 병실로 들어왔지만 휠체어에서 일어나 침대로 오를 일이 난감하다. 몇 번을 시도해 보지만 이번에도 실패다. 비상벨을 눌러 간병인 도움을 받고서야 침대로 올라가 누웠다.

창밖으로 시선을 보낸다. 무성하던 정원의 나뭇잎들도 퇴영의 빛이 완연하다. 미구에 한해살이 식물도 흙으로 돌아갈 것이다. 며칠 후면 창순 여사 남편의 49재이다. 영감님은 당신을 요양병원으로 떠나보낸 지 열흘 만에 매진 상태인 기차표를 스스로 발급해 사용하였다. 기차에 오르기 전 가족들에게 유서를 남겼다.

"나는 간다."

4음절로 깔끔하게 요약된 유서 앞에서 자식들은 망연자실했다. 평생 자존심 하나로 자신의 의지를 지켜온 성격대로 군더더기 한 자 붙이지 않고 90생애를 스스로 마감 지었다.

노인이 죽음을 결심한 것은 아내를 요양병원으로 보내고 나서부터였다. 30년간 파킨슨을 앓던 아내가 몇 년 전부터

수족을 심하게 떨었다. 그래도 남편의 밥은 당신 손으로 짓고
자 애썼으나 병마는 더 이상 관대하지 않았다. 소변과 대변을
스스로 해결하지 못하는 지경에 이르자 어머니를 요양병원으
로 모시자는 자식들 의사에 어쩔 수 없이 사인을 해 주었다.

　할멈이 떠나가고 분가해 사는 맏며느리가 아침저녁으로
식사를 차려 주었다. 노인은 음식이 목으로 넘어가질 않았다.
며느리가 눈치채지 못하게 음식물을 쓰레기통에 버리곤 했
다. 병처(病妻)일망정 그녀는 지상에서 63년 동안 가장 밀착
된 관계로 살아온 사이였다. 서로가 서로에게 사랑이란 광합
성으로 가정을 평화롭게 지키며 과수원에서 나오는 소득으로
아들 4형제를 반듯하게 키워 분가시켰다.
　반려가 떠나간 집안은 허술하고 추웠다. 무엇보다 내성적
인 병처가 겪어야 할 낯가림이 가슴 아팠다. 잠이 오지 않았
다. 더 이상 목숨을 이어간다는 것 자체가 허망하고 구차한
행위로 여겨졌다. 게다가 며느리에게 신세 지는 것도 부담스
러웠다. 긴 병에 효자 없다는 것을 너무도 잘 아는 분이었다.

오래지 않아 당신도 요양원으로 실려 갈 것 또한 자명할 터였다. 두 늙은이에게 들어갈 요양비가 자칫 자식들 간에 분쟁을 일으킬 요지가 될 수도 있을 것 또한 염두에 두었을 것이다.

아내가 요양병원으로 들어간 지 열흘이 되던 날, 단식으로 허약해진 몸이 어지럼증을 일으켰다. 화장실 벽에 머리를 부딪치는 순간 정신을 잃었다. 가까운 친척 조카가 인사차 들러 이를 발견하고 119를 불러 대학병원으로 옮겼으나 심장 박동은 더 이상 뛰지 않았다.

입관할 때 수의를 입고 누워 계신 고인의 얼굴은 그 어느 때보다 깨끗하고 평안해 보였다. 미리 준비한 관엔 보라색 국화로 가득 채우고 바닥은 한지를 깔고 한지 위에 미농지를 장미꽃으로 접어 다시 깔았다. 그리곤 빨간 장미꽃잎을 다문다문 뿌렸다. 이는 맏며느리가 시아버지께 바치는 마지막 헌화였다.

고인은 과수원 경영을 맏아들에게 넘기고 20년 가까이 꽃을 가꾸었다. 큰아들이 새집을 지어 이사할 때도 당신이 기른

꽃을 분양해 심어주는 것이 큰 기쁨이었다. 또 스케치북을 사다가 크레파스와 먹물로 그림도 즐겨 그렸다. 마을 풍경을 그렸고, 마른 갈대가 무성한 개울 풍경도 그렸다. 높은 절벽에 홀로 선 노송도 그렸고, 중국의 황산도 그렸다. 지난겨울엔 고승 달마 여러 점을 그려 아들 사 형제에게 고루 나눠주었고, 나에게는 풍경화까지 다섯 점을 더 주셨다. 훗날 당신 죽으면 가끔씩 꺼내보라면서.

장례는 성대하게 치렀다. 생전에 고인이 원했던 대로 시신은 화장해 납골당으로 모셨다. 한때 세간에서 이름을 떨치던 정다운 스님이 죽어간 영혼들을 천도하기 위해 지은 사찰 중원사에는 죽은 이들을 위한 시설이 장엄했다.

영감님이 돌아가시던 날 요양병원에 계시는 창순 여사는 꿈을 꾸었다. 영감님이 당신 침대로 들어와 눕더니 잠시 후에 "나는 간다." 한 마디 남기고는 홀연히 사라졌다고 했다. 아내에게 남기고 간 마지막 인사말이 유서의 내용과 똑같았다. 오랫동안 의문에 싸였던 영혼이란 문제의 실마리가 비로소 풀리는 것 같아 일종의 두려움마저 느껴졌다.

창순 여사는 꿈에서 깨어난 순간부터 불길한 예감에 사로잡혔다. 그러나 가족 중 아무도 면회를 오는 이가 없었다. 하루 이틀 피가 잦아들었다. 닷새 후에서야 큰아들 내외가 찾아왔다. 꿈 이야기를 들려주며 남편의 안부를 물었으나 아들과 며느리는 차마 아버지의 죽음을 말씀드릴 수 없었다. 혼자 적적해하시는 모습이 안쓰러워 둘째 아들이 모시고 갔으니 걱정하지 말라고 다독거렸다. 하지만 언제까지 아버지의 죽음을 감출 수 없는 노릇이었다. 마침내 큰아들 내외는 아버지 죽음을 어머니께 이실직고했다. 창순 여사님은 예상 밖으로 대범하게 나갔다.

"잘 돌아가셨다. 이런 곳으로 들어와 목숨 질질 끌다가 죽는 것보다 낫지."

그러나 이건 자식들 위로하고자 보여준 허세였다. 할멈은 밤이면 어둠 속에서 피 울음을 울었다. 당신 발로 걸을 수만 있으면 당장이라도 납골당으로 달려가고 싶었던 심정을 어깨를 들썩이며 털어놓았다.

한 달에 두 번 창순 여사를 만나러 간다. 대화를 통해 환자에게 소통의 공감지수를 높여 기억력 퇴화를 막아보자는 의도에서 시작한 일이 생각보다 어렵다. 오늘도 창순 여사는 당신 방으로 돌아가 눕고 싶다고 떼를 썼다. 열아홉에 시집와 남편과 살을 섞고, 양수 질편한 자리에서 아들 4형제 탯줄을 잘라 강보에 싸서 눕히던 그 방으로 돌아가고 싶다는 소원이다. 남편과 자식들 체취가 밴 그 방에는 한 여자가 일생 동안 겪었던 애증과 회한이 얼룩져 있다. 그렇더라도 그 자리는 여인에게 지상에서 더없이 아늑한 요람이다. 그 요람으로 돌아가고 싶은 필생(畢生)의 소원임을 뻔히 알면서도 나는 도와줄 방법이 없다. 밤이면 치매 증상을 일으켜 수면제까지 복용하는 형편에 환자의 소원은 가당치도 않기 때문이다.

창순 여사가 타고 갈 기차는 언제쯤 들어올 것인가. 오늘도 저무는 해가 요양병원건물 유리창을 향해 검붉은 빛을 질펀하게 토해 놓는다.

(『에세이스트』 2019. 11-12월호)

조비행장(祖妣行裝)

사실주의 거장 구자승 화백의 정물화는 한 치의 허술함도 용납하지 않는다. 사람의 손으로 그렸다는 걸 믿을 수 없을 정도로 구도와 물상이 지닌 고유한 형태와 묘사가 완벽하다. 내가 매번 그분의 그림 앞에 서면 자신도 모르게 손이 앞으로 모아지는 건 화폭에서 전달되는 정적인 엄숙함이 종교적인 분위기와 근접해 있어서다.

지금 내 앞에 있는 〈조비행장(祖妣行裝)〉 그림만 해도 그렇다. '조비행장'이란 할머니가 돌아가시면, 살아생전에 아껴 쓰시던 물건을 추려 땅에 입관할 때 함께 무덤에 넣어주는 행장을 일컫는다. 사려 깊은 화가는 돌아가신 할머니가 생전에 손때 묻혀가며 쓰던 물건들을 가려 뒤주 위에 제물처럼 진설해 놓았다. 붉은빛이 도는 토기 항아리와 목이 긴 백자 술병, 사기로 된 굽다리 접시와 물동이를 받치던 왕골 똬리, 그리고 만장으로 쓸 흰 천과 긴 촉대와 다섯 개의 계란이다. 화면 상단 벽에는 할머니께서 족두리에 원삼 입고 사모관대를 갖춘 할아버지와 찍은 사진이 걸려 있다. 노랗게 빛바랜 기념사진과 뒤주에 진설해 놓은 물상 하나하나가 빚어내는 극적인 엄정함이 강해 저절로 고인의 명복을 빌게 만든다. 따라서 화면을 통해 관람자들은 생전에 할머니께서 살아온 환경과 취향을 어렵지 않게 짐작할 수 있도록 유도했다.

그중에 나의 시선을 잡아당기는 것은 옛날 대청 한복판에 놓여 있던 뒤주다. 뒤주는 본시 쌀을 보관하는 용기로 적송을 켜 만들었다. 회화나무로 만든 것을 최상으로 꼽았으나 일반적으로 회화나무가 흔치 않아 손쉽게 구할 수 있는 적송을 두껍게 켜 만든 뒤주를 사용했다. 이때 문을 여닫는 부위에 다는 경첩과 자물쇠는 주로 거멍쇠를 사용했으나 그림 속 뒤주의 자물쇠는 놋으로 만든 물고기다. 물을 박차고 뛰어오를

듯 생동감 넘치는 물고기 배꼽에 달린 나비매듭은 수술이 길다. 할머니께서 살아생전에 미적 안목이 매우 출중했음을 가늠한다.

잠시 생각에 잠긴다. 나와 비슷한 7, 80세대들이라면 뒤주에 대한 고유한 정서를 나름대로 지니고 있을 것이다. 뒤주는 가내의 평안을 주관하는 성주신과 격을 같이 두었던 점도 기억하고 있을 게다.

뒤주가 가장 대접을 받는 날은 시월 상달에 안택 대신 고사를 드리는 날이다. 햅쌀을 찧어다 뒤주에 붓고 길일이 잡히면 대문 밖으로 황토를 뿌려 부정을 막는다. 그런 후에 액막이로 붉은 팥을 삶아 시루에 쌀가루와 켜를 지어 떡을 안쳤다.

고사를 드리는 날엔 머슴도 일손을 놓는다. 집안의 어른들과 꼬맹이들까지 다 모여 대청에 초석을 내다 펴고, 초와 무명실과 마른 북어를 준비해 놓고 떡이 설지 않도록 정성을 다했다. 떡이 설면 집안에 우환이나 불상사가 생길 조짐이라 하여 생리를 치르는 여인들은 부엌 출입을 삼가도록 미리 주의를 시켰다.

고사는 가장(家長)이 주관하였다. 두루마기를 갖추어 입고, 초에 불을 붙이고, 실로 북어의 몸통을 감아 시루에 올려놓은 다음 마음속으로 가내의 평안을 기원하며 절을 올렸다. 고사를 마치면 가족이 둘러앉아 배춧국과 동치미를 곁들여 떡을 먹으며 덕담을 나누던 목소리와 웃음소리가 담을 넘었다.

고사떡은 가족만이 아니라 이웃과 나누어 먹는 풍습을 지켰다. 꼬맹이들은 어머니가 손에 들려준 떡 접시를 들고 개밥바라기를 등에 달고 바람개비처럼 고샅으로 달려나가면, 생동감 넘치는 애들의 발자국 소리에 동네 개들이 일제히 짖어대기도 했었다.

새로운 세기 2천 년으로 들어서면서 이런 풍속과 대가족제도가 빠르게 해체되었다. 자녀를 한두 명만 낳아 기르면서 일명 핵가족이라는 단어가 유행으로 번졌고, 때맞추어 디지털 시대가 도래하면서 스마트한 세상이 열린 것이다.

스마트한 세상에선 쌀 한 섬들이 뒤주와 뒤주 옆에 걸린 기둥 시계는 거추장스러운 물건으로 간주되어 골방으로 쫓겨났다. 안방 북창 위로 줄줄이 걸려 있던 조부모 회갑 사진이며, 사각모를 쓴 장손의 사진은 물론 아들딸들이 시집가고 장가들 때 찍은 결혼식 사진도 앨범 속으로 숨어버리고 말았다.

물건도 주인의 시선이 닿지 않으면 빠르게 퇴색되고 만다. 집 구조도 부엌이 사라지고 입식으로 바뀌면서 친정집 뒤주는 어둠침침한 골방으로 밀려났다. 습한 기운도 견디기 어려운 터에 좀마저 슬자 다리부터 주저앉았다. 결국 마당으로 끌려나가 도끼날을 받아 땔감으로 순명했고, 괘종시계와 놋그릇 종류는 골동품 수집가들에게 거저 매기로 넘어갔다. 따라서 명절 밑이면 놋그릇을 닦던 모습도, 왕골 똬리를 동이 밑에 받치고 물을 머리로 여다 가마솥에 붓던 아낙들의 조신한 자태도 다시는 볼 수 없게 되었다. 아침마다 중솥에 쌀을 씻어 안치고 잉걸불을 재우면서 밥이 뜸 들기를 기다리며 김을 재우던 여인들의 모습은 농촌에서조차 찾아볼 수 없게 되었다.

나는 영국인 신부가 남긴 말이 떠오르면 얼굴이 화끈 달아오른다. 그는 6.25 전란 끝에 선교사로 한국에 파견되었다. 전쟁의 상흔으로 얼룩진 한국의 농촌은 문화란 말을 꺼낼 수조차 없을 정도로 낙후되어 있었다. 그러나 그가 발견한 것은 가난 속에서도 굳건하게 버티고 있는 대가족제도에서 지켜지던 가족애였다. 납작한 초가에서 삶을 지탱해 나갈지라도 부모님이 주무실 방을 덥히기 위해 아침저녁으로 아궁이 깊숙이 고주박을 던져 군불을 지피던 자식들의 효심을 높이 평가했던 것이다. 뿐만 아니다. 명절이면 두부를 만들기 위해 맷돌을 돌리며 손아귀 힘을 기르던 새댁의 참한 모습과, 먹을 것이 생기면 어린애와 조부모에게 먼저 바치는 육친의 찰진 애정에 감동하였다.

신부님이 임기를 마치고 영국으로 돌아갈 때 만일 하느님께서 내게 지상에서 가장 아름다운 것 한 가지만 가져오라고 한다면 "나는 코리아의 대가족제도"라고 했다고 한다.

이처럼 외국인 신부님이 지상에서 가장 아름다운 것으로 감동했던 대가족제도가 반세기 만에 해체되었다. 참으로 서글픈 일이다. 해마다 생활고와 외로움을 견디지 못해 스스로 목숨을 끊는 노인들이 늘어나고 있다. 산촌에서도 홀로 밥을 지어 먹다가 그마저 힘에 부치면 현대판 '고려장'으로 불리는 요양원으로 들어가 종신을 맞는다.

　다시 한번 '조비행장'에 시선을 집중시킨다. 지금은 어디에서도 할머니의 죽음을 애도하며 손때 묻은 유품을 무덤에 넣어줄 후손들을 찾아볼 수 없다. 대대로 내려온 조상들 유택마저 파헤치고 유골을 화장해 납골당에 안치시킨다. 제사도 일 년에 한 번 한식 때 모아서 치르고 만다. 평소 도덕성과 윤리의식이 반듯한 구자승 화백은 이처럼 약식으로 변하는 장례 절차와 제의(祭儀)에 회의를 느껴 '조비행장'으로 일침을 놓고 싶었던 것이다. 화가의 이러한 사고와 인식에 경의를 보낸다.

(『계간수필』 2016. 봄호)

우정에 관한 소고(小考)

"힘들 때 기대어 울 수 있는 '절친'은 몇 명일까요"

이 글은 오늘 아침 조선일보 19면에 인류학자 로빈 던바가 새로 출간한 「프렌즈」를 소개하기 위해 담당 기자가 올린 제목이다. 기자는 이어서 한 번 더 독자들을 향해 문제를 제시한다.

"친구란 정말 서로 미안한 게 없는 존재일까?"

나는 기자가 던진 두 가지 질문을 읽고 한참 동안 생각에 잠겼다. 첫 번째 질문에 대해선 내가 슬프고 힘들 때 찾아가 사흘 정도 부담 없이 묵고 돌아올 수 있는 절친을 꼽아보려면 적어도 다섯 명은 된다고 답할 수 있었다. 던바 교수가 "기대어 울 수 있는 절친 다섯 명 범위에 들어간 셈이다. 또 그의 말대로 내가 죽었을 때 영전 앞에서 진짜로 슬퍼해 줄 친구를 꼽아보니 열 명 정도였다. 던바 교수가 말한 우정의 범위 15위에는 미치지 못했다. 물론 문우들과 문단 후배들을 합치면 두 배 이상도 될 수 있을 터이나 진짜배기로 인정할 수 있는 인원은 열 명 선에서 멈추었던 것이다.

기자가 제시한 두 번째 제안에는 가위표를 찍었다. 아무리 막역한 절친이라 해도 미안한 건 알아야 하고, 적당한 거리도 유지해야 하고, 지나친 집착도 삼가야 되지 않겠는가 싶어서였다. 친구네 집이라고 해서 세면도구나 잠옷 한 벌도 챙기지 않고 찾아와 며칠씩 묵어가는 건 곤란하다. 또 내 주머니에든 돈은 아까워 한 푼도 못 쓰면서 여행을 떠날 적마다 이런저런 핑계로 모든 경비를 떠넘기는 건 비겁한 행위고 우정에 금이 갈 요지가 될 수도 있다. 이런 건 형제지간에도 해당된다. 가족끼리도 지켜야 할 예와 넘어선 안 될 선이 지켜지지 않으면 종종 다투는 일이 벌어지기 때문이다. 특히 부모가 돌아가신 다음 유산 문제로 다시는 안 만날 것처럼 옥신각신 핏대를 세우기도 하지만 가족은 피를 나눈 끈끈한 관계다.

어떤 잘못을 저질러도 시간이 지나면 천륜이란 불변의 원칙 안으로 다시 모여들게 마련이다.

그러나 피가 섞이지 않은 타인과 맺어진 우정은 한 번 금이 가면 회복하기 어렵다. 오죽하면 시인 윤동주 선생께서도 "동무란 한낱 괴로운 존재요, 우정이란 진정 위태로운 잔에 떠 놓은 물이다."란 비장한 우정론을 피력하셨겠는가. 선생은 산문 〈달을 쏘다〉에서 바다를 건너온 친구 H에게서 편지를 받고 '사람과 사람 사이의 감정이란 미묘하다.'고 혼란스러워하셨다. H로 칭하는 이분은 편지를 쓰고 있는 공간적 배경과 자신의 심경을 시종일관 미문으로 꾸몄다. "달이 뜨고 바람이 부는 밤에 울며불며 이 글을 쓴다."라고 했을 정도다. 게다가 마지막 구절은 선생의 심장을 향해 화살을 쏜다. "당신은 나를 영원히 쫓아버리는 것이 정직할 것이오."

나는 이 문장에서 인간의 내면에는 숨어 있는 위선과 가증스러움을 엿볼 수 있었다. 선생께서도 이를 짐작하시고 "지기 하나 얻기 힘들다 하거늘 알뜰한 동무 하나 잃어버린다는 것이 살을 베어내는 아픔이다."라고 탄식하였다.

나도 한동안 힘든 시기를 보냈다. "세상에서 제일 친한 친구는 너밖에 없다."라고 했던 친구 이름을 스마트폰 연락처에서 지워버렸기 때문이다. 이사를 하면서 당치도 않은 거짓말로 나를 곤경에 빠뜨린 친구에게 섭섭함과 미운 감정에 사로잡혀 잠을 이루지 못해 밤마다 수면제를 복용했었다.

그와는 참으로 끈질긴 인연이었다. 6·25 당시 강원도 산촌에서 살았던 그의 가족은 우리 집 옆에 사는 이모네 집을 피난처로 삼았었다. 그러곤 이내 눌러살았다. 그때 친구는 여섯 살, 나는 일곱 살이었다. 두 꼬맹이는 날마다 사금파리를 주워다 양지바른 담 밑에서 소꿉놀이하면서 자랐다. 성년이 되어선 서로 떨어져 살다가 40년 만에 다시 만나 가까운 지역에서 살게 되었다. 하지만 언제부터인가 친구는 나를 향해 시기심을 키우고 있었던 모양이다. 수상 소식을 전해줘도, 새로 난 책을 줘도 축하한다는 말을 아꼈고, 척추 수술을 받았을 때도 문병은 고사하고 안부 전화조차 없었다. 하지만 천성이 느슨한 사람이라 그러거니 여겼다. '세상에서 제일 친한 친구는 너밖에는 없다.'라는 그를 어찌 믿지 않을 수 있겠는가.

시인의 말씀처럼 알뜰한 동무 하나를 나의 인적 네트워크에서 삭제하는 뼈아픔을 겪고서야 깨달았다. 사랑으로 품을 수 없는 사람은 마음에서 내보내야 한다는 것을.

심리학자들은 인간은 뼛속까지 사회적인 동물이라고 한다. 사람과 어울리지 않고는 아무것도 할 수 없기 때문이다. 성취감도 타인으로부터 인정받고 칭찬받을 때 더 확장된다. 오죽하면 '사람이 없다면 천국조차 갈 곳이 못 된다.'는 속담이 생겼겠는가. 내가 좋아하고 상대도 나를 좋아할 때, 서로 뜻이 통하거나 지향하는 바가 같을 때 에너지의 파동과 공감은 배로 늘어난다.

10여 일간 심리적 난항을 겪고 프린터 앞에 놓인 백지를 꺼내어 내가 힘들 때, 따뜻한 어깨에 기대어 울 수 있는 절친 다섯 명과, 내 영정 앞에서 슬픈 호흡으로 국화꽃을 놓아줄 지기 열 명 이름을 또박또박 적었다. 그런 다음엔 로마인들이 편지를 쓸 때 빼놓지 않고 쓰는 인사말을 인용했다.

"당신들이 잘 있으면 나도 잘 있습니다."

2022년 「인간과 문학」 봄호

무지개

여름철 소나기는 즉흥 환상곡이다. 번개와 뇌성이 허공을 가르고, 검은 구름이 성난 들소처럼 모여들며 내리꽂히는 빗줄기가 무참하다. 칸나가 태질을 당하고, 목이 꺾인 꽃 타래가 핏빛으로 흙탕물에 둥둥 떠내려간다. 풀잎들은 일제히 땅으로 몸을 눕히고, 귀청이 따갑도록 울어대던 매미의 울음도 칼로 자른 듯 끊어졌다. 오로지 하늘과 땅 사이엔 바람과 비의 폭정만이 난무할 뿐이다.

그러나 즉흥 환상곡의 연주는 길어야 3악장으로 끝난다. 거짓말처럼 구름이 걷히고, 해가 반짝 얼굴을 내밀면 초록빛 산허리에 무지개가 뜬다.

무지개는 허공에 걸린 홍예문이다. 사람의 마음을 홀리는 빛의 판타지다. 유년 시절, 소나기가 퍼붓고 간 뒤에, 어머니께선 서쪽 언덕에 선 무지개를 바라보며 딸에게 짧은 동화 한 편을 들려주었다.

어느 호기심 많은 소년이 무지개를 찾아 나섰다고 했다. 어른들이 "저 산 너머엔 무지개가 뜨는 신비한 우물이 있다." 라고 해서였다. 소년은 어른들이 일러준 대로 산을 넘고 또 넘어가 보았지만, 무지개가 뜬다는 우물을 찾을 수 없었다. 소년이 마침내 고향으로 돌아왔을 때, 그는 백발이 되었고 백발이 된 그의 손에는 낡은 기왓장 하나만 들려있었다.

엄마에게 동화를 듣던 아이는 훗날 어른이 되어 다산선생의 시 〈율정별(栗亭別)〉을 읽었다. 놀랍게 그 시의 마지막 연에는 무지개를 찾아가던 동화 속의 소년이 들어있었다.

나 또한 어리석은 바보아이/ 헛되이 무지개를 붙잡으려 했었네/ 서쪽 언덕 활처럼 굽은 땅에/ 분명히 아침 무지개를 보았노라/ 아이란 놈 무지개를 좇아갈수록 무지개는 더욱 멀어졌네/ 가고 보면 또 다른 서쪽 언덕 서쪽 또 서쪽에 있었네.

—다산 〈율정별(栗亭別)〉

인간의 꿈은 무지개와 닮아있다. 이 고비만 넘기면 내가 원하던 일을 이룰 수 있을 거란 믿음으로 산을 넘고 또 넘는 동안 내 인생도 백발에 이르렀다. 하지만 나는 기억한다. 비록 꿈을 이루진 못했어도, 꿈 자체가 살아야 할 이유와 동력이 되었던 지나온 내 생애의 날들을.

(『그린에세이』 2017. 7-8월호)

봄의 서곡(序曲)

입춘(立春)은 24절기 중 첫 자리에 들어있다. 그러나 명색만 거창할 뿐 봄은 아직 멀다. 보통 2월 4일경에 겨울을 밀치고 들어서지만, 응달엔 눈이 그대로 쌓여 있을 뿐만 아니라 기습적으로 한파가 몰아닥치기도 하고 함박눈이 종일 퍼붓기도 한다. 올해도 늦추위가 끈질기게 발목을 잡고 늘어지는 통에 '입춘'은 어정잡이로 폼만 잡고 미적거리다가 3월에게 바톤을 넘기고 말았다. 때문에 2월의 음표는 '라르고'에 속한다. 급하게 서둘러서 될 일이 아니므로 서서히 바람이 순해지기를 기다려야 하기 때문이다.

그러나 삼월로 들어서면 봄볕은 '안단테'로 조금 빨라진다.

온기를 품은 햇살이 겨우내 얼음을 뒤집어쓰고 있던 호수로 달려가 얼음을 깨뜨린다. 새벽마다 마을 어귀에서 얼음이 갈라 터지는 소리가 골 안을 흔든다. 그러면 용케도 휘파람새가 찾아와 운다. 박명의 적막 속에서 휘파람새가 작은 부리를 열어 애처롭게 울고, 멀리서 빙판이 갈라지는 소리를 들으면 나의 폐에선 어김없이 바튼 기침을 쏟아낸다. 이불자락을 귀 밑까지 끌어올리고 모로 누워도 소용없다. 이럴 땐 가슴도 시리고 어깨는 더욱 시리다.

호수의 수면에 깔린 얼음은 가장자리로부터 녹아들어간다. 얼음이 쩌렁쩌렁 울면서 갈라지던 틈새로 물이 고여 들고 부드러운 바람이 들락날락 스쳐 갈 적마다 커다란 얼음덩어리들이 도미노 현상을 일으킨다. 무더기로 무너지는 얼음덩어리를 보고 있으면 생각이 깊어진다. 얼음과 물은 둘이 아니건만 물이 얼음으로 몸을 바꾸었다가 다시 물로 돌아갈 때는 매번 울음으로 제 몸을 부수기 때문이다.

이렇게 얼어붙었던 수면이 물살을 일으키며 살아나면 산

은 재빠르게 제 그림자를 호수에 내린다. 물살을 타고 어른어른 흔들리는 산 그리매 사이로 흰 구름이 한가롭고, 물가 억새밭에선 참새들이 말똥만 굴러가도 까르르 웃음보를 터트리는 계집아이들처럼 귀가 따갑도록 재잘거린다.

3월이 하순으로 접어들면 이번엔 '모데라토'로 음표가 바뀐다. 잔풀나기 시절이다. 얼었던 지표가 녹으면서 푸석해졌던 흙이 차분하게 가라앉고, 땅속에서 숨죽이고 있던 생명들이 다투어 밖으로 나올 채비를 서두른다. 겨울 동안 죽은 듯 흙에 납작 엎드려 있던 꽃다지들은 어느새 엽록소를 띠고 일제히 꽃망울을 터트린다. 어김없이 찾아와 괴롭히는 꽃샘추위에 여린 몸을 바들바들 떨면서도 꽃을 피운다.

꽃다지들은 봄의 귀염둥이다. 키도 작지만 꽃도 좁쌀 알갱이만큼이나 작다. 때문에 한두 포기가 따로 떨어져 피면 피나마나 하다. 개체로선 존재감이 없다. 군락을 이루어야만 꽃으로 생명을 얻는다. 꽃 빛깔도 연둣빛이 살짝 섞여 연노란빛을 띤다. 게다가 아지랑이가 가물가물 피어오르면 연노란

빛깔은 아지랑이와 함께 아른아른 흔들린다. 이 몽환적인 빛깔을 한참 동안 바라다보고 있으면 속이 울렁거린다. 꽃다지가 일으키는 봄의 멀미다. 아련한 빛의 파동이다.

3월이 4월에게 바톤을 넘기면 이번엔 '알레그로 비바체'로 속도를 높인다. 온 산하에 살아있는 생명들은 저마다 파장을 일으킨다. 후원에 청매가 피어 알큰하게 향기를 풍기고, 개나리는 노란 종을 흔들어 음(音)을 만들고 마디를 키운다.

벚꽃은 헤프다. 꽃송어리가 다붙어 구름처럼 일어나면 눈이 부시다. 천지가 꽃으로 두발을 한 듯싶다. 그러나 대엿새만 지나면 꽃잎은 낱낱이 흩어져 내린다. 1년 365일 중 고작 대엿새 피었다가 속절없이 비산하는 꽃나무 아래 서서 꽃비를 맞고 있으면 멀리서 '코넷' 독주로 흐느끼듯 차이콥스키의 〈안단테 칸타빌레〉가 들려오고 두보의 시가 뒤를 잇는다.

꽃 한 조각 떨어져도 봄빛이 줄어들거늘
수만 꽃잎 흩날리니 슬픔 어이 견디리

그러나 어찌 꽃이 흩날리는 일을 슬퍼만 하리. 꽃은 머문 자리마다 씨앗을 달아 놓았거늘. 그걸 알면서도 꽃 한 조각 떨어져도 봄빛이 줄어든다고, 그게 슬프다고 엄살을 부리는 시인의 맑은 영혼에서 시적인 코러스 화음을 듣는다. 아니 '알레그로 비바체'로 푸른 문이 열리는 소리가 들리고, 살아갈 이유들이 푸른 희망을 안고 저벅저벅 걸어오는 소리가 들려온다.

(『수필세계』 2017. 봄호)

'우분투'

어느 인류학자가 남아프리카에 있는 한 부족 마을을 찾아
가 아이들에게 과자 상자를 보여주며 달리기 경주를 시켰다
고 한다. 그러나 아이들은 달리기 경주가 아닌 서로 손에 손
을 잡고 "우분투"를 외치며 함께 걸었다고 한다. "우분투"란
아프리카 코사어족 언어로 '네가 있어 내가 있다.' 또는 '함께
있어 내가 있다.'란 뜻이다.

그날 백인 인류학자는 무척이나 민망스러웠을 것이다. 아
이들이 달리기에서 1등을 차지한 친구가 상금으로 과자 상자
를 독차지한 다음 친구들에게 나누어 준다면 진 편의 아이들
에게는 자존심이 상하는 일이다. 또 집으로 혼자 들고 가 부

모님에게 자랑을 하고 칭찬을 받는 것 또한 친구들에게 부러움의 대상이 되는 동시에 시기심을 일으킬 수도 있을 것이다. 해서 코사어족들은 그런 이기심을 조장하는 행위를 막기 위해 '너와 함께'라는 공동체 의식을 일찌감치 일깨워 주었던 것이다. 그걸 모르고 인류학자란 사람이 과자 상자를 놓고 달리기 경주를 제안했다가 "우분투"를 외치는 코사어족 소년들에게 한 방 호되게 얻어맞은 꼴이 되었던 것이다.

문명인들에게 삶은 갈등의 연속이고 경쟁의 연속이라고 해도 과언은 아닐 것이다. 부모 품을 떠나 학교란 공동체로 들어가면 성적 순위를 놓고 친구들과 경쟁을 벌이게 된다. 그리고 이를 기점으로 입시도 취업도 승진도 모두 남보다 앞서가야만 자신이 지향하는 바를 이룰 수 있기 때문이다.

그러함에도 인간은 타인의 관심에 목말라 한다. 타인과 형성된 유대관계를 통해 삶의 기쁨과 보람을 느낄 수 있어서이다. 이런 심리구조를 잘 설명해 준 이가 심리학자 서은국 교수다. 그가 스탠퍼드대학으로부터 특강 초청을 받았을 때다. 그는 최선을 다해 강의를 마치고 단에서 내려올 때 그 대학교수들은 칭찬과 덕담을 아끼지 않았지만, 무척 외로웠다고 한다. 그건 자신의 성과를 모국어로 신나게 떠들어낼 친구가 옆에 한 명도 없었기 때문이었음을 밝혔다.

인간은 이렇게 나를 알아줄 상대가 필요하다. 나만의 공간에서 우리라는 공간으로 들어가는 첫 행위가 걸음마를 배우면서 시작된다. 아이를 길러본 엄마들은 기억할 것이다. 기저귀를 차고 뒤뚱거리면서도 제 또래 아이들을 보면 그쪽으로 걸어가 말도 통하지 않으면서도 손뼉을 치며 즐거워하던 모습을.

이렇게 인간은 태어나면서 상대와 어울리려는 본능을 지니고 있다. 너와 내가 손잡고 서로 삶의 배경이 되어 줄 때 삶의 진정한 보람과 기쁨이 가슴속에서 자연스럽게 우러나온다. 세상에서 가장 소중한 건 '나(我)'이고, 그다음은 '우리'라는 단어를 꼽는 건 너와 나. 그리고 또 다른 너와 내가 '우리'로 뭉치면 행복지수가 더 높아지기 때문이다.

한 해가 저물어가고 있다. 돌이켜 보면 올해는 내가 세상에 태어나 나라 걱정을 가장 많이 했다. 정치인들은 눈만 뜨면 너와 내가 어울리며 행복을 만들어가는 게 아니고 자신의 의사만을 옳다고 주장하는 자가당착과 집단이기주의가 난공불락이다. 오죽하면 '거인들의 집합소'란 시를 지었을까.

국회의사당은 거인들의 집합소다.
거인들은 높은음 자리표만 짚는다.
음표가 높아야 애국자라고
음표와 뼈까지 씹어 먹는
지독한 나르시즘이다

태양도 견디다 못해
지구 밖으로 달아난다

　　　　　　　　　　　　　　　　　-〈거인들의 집합소〉

새해엔 부디 집단이기주의와 자가당착에서 벗어나 남아프리카 소년들처럼 서로 손을 맞잡고 '우분투'를 외치며 국가안보와 경제성장을 향해 앞으로 나갈 수 있었으면 좋겠다.

(『그린에세이』 2019. 11-12월호)

디지털 디바이스 유감

80대 고령층은 스마트폰에 들어있는 다양한 기능을 반의 반도 활용하지 못한다. 소위 디지털 디바이스에 속하는 이들은 하루가 다르게 변하는 기술 속도를 제대로 습득하지 못해 겪는 불편함이 여간 아니다.

충주에서 제천으로 가는 차표를 끊기 위해 내가 버스터미널에 도착한 시간대가 공교롭게도 점심때였다. 코로나로 차표를 팔던 창구 십여 개 중 한 곳만 열려 있었으나 그마저 점심시간이라 비어 있었다. 옆에 설치된 자동판매기를 이용할까 생각도 했으나 코로나로 승객이 줄어 배차 시간표가 맞는지 알 수 없어 직원이 나올 때까지 30분 정도 기다리기로 했다.

기다리는 시간이 아까워 이번엔 브런치로 점심을 대신할까 싶어 롯데리아로 들어갔다. 그곳 역시 키오스크로만 주문할 수 있었다. 스크린 터치를 이용해 치즈버거와 아메리카노 한 잔을 들고 나왔다.

점심시간이 끝나고 직원이 다시 들어와 창구를 열었다. 놀랍게도 손님이 없어 제천으로 가는 차는 하루 두 대만 운행한다고 했다. 오전 7시 20분과 오후 4시 20분이라며 차라리 기차를 타는 게 더 좋을 거라고 권했다. 나는 안내원에게 왜 승차시간표를 바꾸지 않고 코로나 이전 것 그대로 두었냐고 문제를 제기하자 스마트폰으로 검색하면 다 나온다고 도리어 짜증을 부렸다. 변경된 시간표를 손님들이 알아볼 수 있도록 터미널 측에서 배려해 주었더라면 나는 진즉에 버스 타기를 포기했을 것이다. 억울한 심사로 주차장 입구로 가선 스크린 단말기에 카드를 밀어 넣고 차량번호를 터치한 다음 차를 뺐다.

기차도 시간이 애매하여 차를 몰고 가기로 작정했다. 내비

게이션에 목적지를 입력시키려고 몇 번을 시도했으나 그런 주소는 나와 있지 않다고 안내를 거부했다. 구입한 지 몇 해가 지나도록 내가 직접 업그레이드를 할 줄 몰라 방치한 탓이었다. 카센터를 찾아가 또 30분을 지체하고서야 출발할 수 있었다. 새로운 정보를 입수한 내비게이션은 신속하게 나이든 주인을 목적지까지 안내해 주었다.

그러나 내가 사용할 줄 아는 거라곤 기본적인 것뿐이다. 인터넷 뱅킹으로 물건을 사고 입금할 적마다 실수할까 봐 가슴이 두근거린다. 인터넷이나 스마트폰을 잘 다룰 줄 알면 재미있고 편리하겠지만, 아날로그 세대인 나로선 인건비 절약으로 사람 대신 전자 단말기를 이용하는 대형 마트에 들어갈 적마다 주눅이 들곤 한다. 아직도 내가 산 물건을 들고 바코드 찍는 일이 서툴러 옆의 사람 눈치를 슬금슬금 보면서 계산을 마치고 나오기 때문이다.

지금은 디지털 가속화 시대이다. 그럼에도 남편은 워드프로세서 사용조차 낯설어한다. 마우스 사용이며 프로그램을 익히기 위해 기초교육이라도 받았으면 싶어 권하지만 '나는 이대로 살다 죽을 거라.'며 손사래를 친다. 그랬던 사람이 보훈청에서 고속도로를 이용할 때 사용할 하이패스 카드를 만들어 줄 테니 인터넷으로 신청하라는 연락을 받고는 난감해하였다. 순간 몇 해 전에 보았던 켄 로치 감독 영화 ≪나, 다니엘 블레이크≫가 떠올랐다.

영화의 주인공인 다니엘 블레이크는 40년 경력을 가진 목수였다. 치매를 앓던 아내와 사별하고, 심장마비로 죽을 고비를 넘긴 그는 의사의 권고로 더 이상 일을 할 수 없게 된다. 질병 수당이라도 받을까 싶어 해당 센터를 찾아가지만 인터넷으로 예약하지 않고 찾아왔다 하여 문전박대를 당하고 만다. 실업급여를 받기 위해 찾아간 복지 고용 센터에서도 인터넷으로 모든 절차를 신청하라며 디지털 시대임을 강조하며 돌려보낸다. 노동자로 평생을 살아온 그가 컴퓨터 화면에 뜬 서류 내용을 채워 넣지 못하면 질병 수당과 복지혜택을 받을 수 없다는 현실에 절망한다. "나는 성실하게 일만 하면서 살아왔노라고, 연필 시대의 사람이라고, 이런 노인들을 위한 배려는 왜 하지 않느냐."라고 항의하지만, 그는 결국 아무런

혜택도 받지 못했다. 타고난 손재주와 성실함으로 이웃 사람들과도 잘 어울리며 평범하게 살아왔던 그가 유감스럽게도 '디지털 디바이스'란 정보격차를 뛰어넘지 못하고 화장실에서 심장마비로 숨을 거둔다.

지금 내가 살고 있는 현실도 마찬가지다. 디지털 시대가 도래하면서 정작 복지혜택을 받아야 할 사람들은 밀려나고, 받지 않아도 되는 사람들이 혜택을 받는 경우가 허다하다. 배우지 못한 저소득층과 장애인들, 그리고 대학까지 나왔어도 나이 들어 인지능력이 떨어진 고령자들은 빠르게 변하는 정보사회에서 밀려날 수밖에 없다. 이들이 받는 상실감과 자괴감, 답답함 등은 정부에서도 책임지지 않는다.

「유엔미래보고서 2040」에는 "도전하는 자만이 살아남는다."라는 슬로건을 앞세웠다. 따라서 미래학자 토마스 프레이는 2030년에는 지금의 일자리들이 소멸해 개인이 200-300개 프로젝트를 떠돌면서 일하게 될 것이라고 예측했다. 특히 기업은 노동부가 제시하는 까다로운 노동조건과 의료보험이나 상여금 퇴직금 부담을 덜기 위해 파트타임과

프리랜서 고용을 선호하게 될 것이라고 한다. 은행도 키오스크를 활용한 디지털 라운지로 전환하게 될 것이라는 학자들 말대로 우리나라에서도 벌써부터 금융사별로 실행하고 있다.

도전하는 자만이 살아남는 시대란 맞는 말이다. 아무리 그렇다 하더라도 정부에서 고령자들을 위한 새로운 대책을 마련해 주지 않는다면, 다니엘 블레이크처럼 수많은 노인이 디지털 디바이스에 갇혀 억울하게 살다 죽을 수도 있을 것이다.

(『월간문학』 2022. 3월호)

동전 백 원

강남역 지하철 승차권 발매기 앞에서였다. 분명 신분증을
따로 넣어두는 작은 주머니 속에 들어있어야 할 오백 원짜리
동전이 보이지 않았다. 서울을 다녀간 지 몇 달이 지났으니
그동안 어디론가 빠져나간 모양이었다. 바지 주머니를 뒤지
고 가방을 털어보아도 백 원짜리 동전 네 개만 나왔다.

난감했다. 물론 지갑 속에는 오만원권 지폐와 신용카드가
들어있었지만, 노인들이 사용하는 일회용 지하철 승차 발급
기 앞에서는 무용지물이었다. 사방을 둘러봐도 예전처럼 표
를 파는 곳은 보이지 않았다. 오로지 자동 발급기만 놓여 있
을 뿐이었고, 그 앞에는 사람들이 표를 뽑거나 카드를 충전하

기 위해 줄을 서 있었다.

잠시 갈등이 일었다. 홈 밖으로 나가 택시를 탈 것인가. 아니면 물건을 사고 거스름돈에서 오백 원을 따로 받아 지하철을 탈 것인가를 놓고서.

그때였다. 곁에 섰던 노신사가 '동전이 모자라느냐?'며 말을 걸었다.

나는 얼떨결에 백 원짜리 동전 하나가 모자란다고 대답하자, 노인은 "오백 원을 그냥 주면 댁이 미안스럽게 여길 터이니 그 동전, 네 닢을 내게 주시지요." 그러곤 오백 원을 내밀었다.

곧 3호선 열차가 들어오자 그분은 옆 칸으로 들어갔다. 강남터미널 역에서 출발한 지하철이 압구정동에 닿자 노인은 내렸다. 그리곤 내가 서 있는 창 앞을 지나가다가 잠깐 걸음을 멈추었고, 나는 가볍게 목례를 했다.

백 원짜리 동전 한 닢을 손바닥에 올려놓고 바라본다. 아이스크림 하나 값도 안 되는 액수다. 그런데 이 동전 한 닢이 그날 나를 곤경에 빠뜨렸고, 익명의 노인에게 빚을 지게 했던 것이다. (2018. 여름)

2.

귀로

생존을 위한 애착처럼 절실한 것은 없을 것이다.
무당벌레가 허수아비 옷자락을 은신처로 삼았듯이
북녘에서 날아온 청둥오리들은
호수 근처 갈대숲에다 보금자리를 마련해 놓고
수시로 물속을 드나든다.
겨울 한 철을 보내기 위해 찾아왔으나
머지않아 수면이 얼어붙으면
새들은 또 어디론가 떠나야 할 것이다.
—본문 중에서

거울 속에서 나를 찾다

화(禍)는 마음에서 일어나는 개체적인 불꽃이다. 사소한 일에도 쉽게 점화되지만, 이성적인 사고를 통해 자신이 다스리기 또한 어렵지 않다. 그러나 분노는 상대적이다. 한 번 심리적인 자극을 받아 폭발하면 오래도록 타고 흔적 또한 오래 남는다.

분노는 주로 배신, 인격적인 모독, 모함이나 누명을 썼을 때 일어난다. 원료 자체가 하나같이 불의 성질을 지니고 있어 한 번 점화되면 걷잡을 수 없는 광기를 일으킨다. 손에 잡히는 대로 부수고 짓밟는 행위를 서슴지 않는다. 눈빛은 증오로 이글거리고, 표정은 악마의 얼굴을 연상시킨다. 맹자의 성선

설 앞으로 순자의 성악설이 보란 듯 다가와 비아냥거린다. 인간의 몸속에 저렇듯 악의 유전인자가 흐르고 있지 않느냐고. 그런데 놀라운 건, 이러한 불의 성질을 무기로 삼고 공격하는 이들은 평소 가깝게 지냈던 사람들이란 사실이다. 그래서 사건이 터지면 더 분하고 용서하기 어려워진다.

그중에서도 남편의 외도는 아내에겐 치명적이다. 남편과 아내란 관계는 죽는 날까지 변하지 않기로 약속한 사이다. 한 이불 속에서 살을 섞고 자식을 낳아 기르며 사랑과 신뢰로 가정이란 공동체를 이루었기 때문이다. 이런 부부 사이로 애인이란 삼자가 끼어든다는 건 불행을 자초하는 사건이 아닐 수 없다.

외도는 권태로부터 시작된다. 아무리 금슬 좋은 부부라 해도 매양 같은 환경 속에서 반복되는 일상은 지루하기 마련이다. 겉으론 내색하지 않아도 내심 한 번쯤은 자극적인 사건을 만들고 싶은 저의가 심리 저변에 항상 깔려있다. 그것이 도덕적이지 못한 줄 뻔히 알면서도 권태란 바이러스에 감염되면 밖으로의 탈출을 시도하지 않고는 못 배긴다.

결혼 생활 10년 차로 접어들었을 때 남편도 그러했다. 인사발령이 작은 읍내로 떨어져 낯선 환경에서 서로를 애틋하게 보듬으며 결속해야 할 가족을 두고 그가 등을 돌렸던 것이다. 거울 앞에서 자신의 얼굴을 매만지는 데 시간을 끌었고, 옷매무새가 마음에 들지 않으면 혼자서도 신경질을 부렸다. 퇴근하고 돌아와서도 약속이 있다고 옷을 갈아입고 나가면 자정이 넘어서야 돌아왔다. 한 달 가까이 이어지는 별난 행위를 참다못한 아내가 이유를 따졌다. 그는 조금도 미안한 기색 없이 나를 좀 내버려 둘 수 없느냐고 반기를 들었다. 잠자리에 들면 단호하게 벽을 향해 돌아누웠다.

밤마다 눈앞을 가로막은 남편의 커다란 등판은 장벽이었다. "나를 좀 내버려 둘 수 없느냐."는 항변은 자신의 행위에 간섭하지 말라는 통보였다. 돌아누운 남편의 등 뒤에서 이게 남들이 말하는 권태기 시작인가 싶어 두려웠고, 새벽을 기다리는 불면은 독약처럼 전신으로 번지며 피를 잦혔다.

소읍은 입소문이 빠르다. 그가 만나는 여자는 여군 출신으로 독신이란 것과, 3년 전에 진천 읍내로 들어와 찻집을 냈다는 개인적인 신상까지 입방아에 오르내렸다.

아내는 창피했고, 모멸감과 함께 온갖 상상력을 동원해 남자에 대한 미움을 키웠다. 그러는 사이에 한 해가 저물어가고 있었다. 그날은 아침부터 날리던 눈발이 저녁 무렵까지 이어졌다. 마당에 쌓인 적설의 깊이가 발목을 덮었으나 가장은 돌아오지 않았고, 아내는 열 살과 여덟 살 난 두 아들을 데리고 넉가래로 길만 빠끔히 뚫어 놓았다.

그날 밤, 여자는 화장대 거울 속에 든 자신의 얼굴을 바라다보며 울었다. 남편의 배신으로 형편없이 망가진 자신의 얼굴을 연민하며 울었다. 집 장만을 생의 목표로 삼고, 적금통장을 신줏단지처럼 그러안고 자신에게 가장 인색하게 굴었던 어리석음과 허탈감에 사로잡혀 가슴을 쥐어뜯으며 흐느꼈다.

울음도 때로는 치유다. 가슴속에 맺힌 울혈이 풀리면서 말을 걸어왔다.

'집착해보았자 너만 손해야. 더 화상 입지 말고 그 남자

버리면 돼.'

　명쾌한 답이었다. 나는 옷장을 열어 그에게 필요한 옷가지를 꺼내 가방에 차곡차곡 넣었다. 그리곤 새벽 한 시에 들어온 그에게 가방을 내주며 우리 이렇게 살지 말자고, 그러나 이혼은 절대로 하지 않을 것과, 생활비는 다달이 보낼 것을 분명하게 밝히고 요구했다. 그는 당황했다. 이건 아니라고, 이래선 안 된다고 손사래를 치며 짐을 풀었다. 나는 짐을 푸는 손길을 막지 않았다. 천박한 행위로 자존심을 훼손시키고 싶지 않아서였다.

　그는 가장의 체면과 약속을 지키기 위해 노력했으나 상당 기간 서먹한 관계가 이어졌다. 우연을 가장한 외도였지만 나름대로 아쉬움과 애틋한 미련이 가슴속에 도사리고 있었을 터였다. 나 역시 침묵으로 일관했다. 그리곤 남편에 대한 관심으로부터 자유로워지기 위한 방편으로 오래전부터 벼르고 있었던 세계미술사와 인문학 쪽으로 새로운 길을 찾아 나섰다. 그리고 10년 뒤에 나는 글을 쓰기 시작했다.

고통의 진화는 자신이 안고 있는 고통의 원인들을 파악하고 내려놓음으로 이루어질 수 있다. 팔십 어름에 이르는 동안 생의 행간으로 뛰어 들어와 나를 흔들어 놓았던 사건들을 돌아다보면 나를 단련시키는 무기였고, 내면을 성숙시키는 동기부여였다. 또 어려움이 닥칠 적마다 거울 앞에서 얼굴에 사악한 기운이 돌지 않도록 마음 단속에도 공을 들였다. 얼굴 표정은 마음의 상태를 말보다 더 정직하게 드러내 보이기 때문이다 이제는 더 바라는 바도 없고 원하는 바도 없다. 삶이 단출해지니 종종 가슴속으로 스며 들던 슬프고도 쓸쓸한 소회마저 사라졌다.

아침이면 침상에서 새들이 지저귐을 들으며 눈을 뜬다. 창문을 열어 놓고 쌀을 씻어 솥에 안치고 뜸이 들면, 남편과 식탁에 마주 앉아 아침밥을 먹는다. 차를 마실 땐 책에서 새로 얻은 지식이나 시사에 관한 얘기를 길게 나눈다. 산 넘고 물 건너와 종착역에서 누리는 작고도 소박한 자족이다.

(『한국산문』 2020. 8월호)

(≪The 수필≫ 2021. 빛나는 수필 60선)

귀로(歸路)

가을이 깊어지면 나뭇잎과 풀들이 흙으로 돌아갈 준비를 서두른다. 대궁이 붉은 기생여뀌도 조용히 땅으로 몸을 눕히었다. 그 옆에서 풍채가 당당하던 은행나무도 노랗게 물드는가 싶더니 어느새 가지를 모조리 비웠다. 밖으로 드러나 닳고 닳은 뿌리 언저리로 잎과 열매가 떨어져 쌓였다. 그러나 점차 시간을 따라 흙의 소립자로 돌아갈 것이다. 피고 지고 열매를 맺어 다시 대지에 내려놓는 식물들의 궁극의 차원이 지성스럽다.

가끔 땅거미가 내리는 들녘으로 산책을 나간다. 그럴 양이면 산발치에서 헐렁한 옷가지를 아무렇게나 걸치고 등산모를 삐뚜름히 쓰고 서 있는 허수아비와 만나게 된다. 수수와 조를 심었던 밭 주인이 임무 수행을 마친 허수아비를 그냥 내처 둘 모양이다. 허수아비와 어둑한 산 그림자와 빈 들녘, 어슴푸레 좁혀오는 땅거미가 빚어내는 거칠고 성글고 허허로운 풍경이 쓸쓸한 감성으로 이입된다.

그러나 이건 어디까지나 나의 주관적인 감상일 뿐이다. 허수아비에게 가까이 다가가 보면 허수아비 옷자락이 접힌 곳마다 무당벌레가 추위를 피해 고물고물 깃들어 있다. 낡은 허수아비 옷자락에 무슨 온기가 있을까만 그래도 된서리를 피할 수 있는 유일한 피신처로 삼고 모여들었을 터이다. 살려고 하는 생명의 본능이 안쓰러워 방금 쓸쓸한 감성을 일으키던 나의 여린 감상이 고물거리는 생명체 앞에서 무색해지고 만다.

생존을 위한 애착처럼 절실한 것은 없을 것이다. 무당벌레가 허수아비 옷자락을 은신처로 삼았듯이 북녘에서 날아온 청둥오리들은 호수 근처 갈대숲에다 보금자리를 마련해 놓고 수시로 물속을 드나든다. 겨울 한 철을 보내기 위해 찾아왔으

나 머지않아 수면이 얼어붙으면 새들은 또 어디론가 떠나야
할 것이다.

　나의 기억 저편에 숨어 있는 아이도 제 둥지에 대한 애착이
집요했다. 6·25전란이 일어난 다음 해 가을이었다. 고모께
서 시누이 혼사를 친정에 알렸다. 엄마는 여덟 살 먹은 딸을
큰아들 자전거에 태우고 신작로를 따라 큰댁으로 갔다. 큰댁
새언니에게 딸을 맡기고 큰엄마와 고모네 혼인 잔치에 가기
로 미리 약속을 해 두었던 것이다. 엄마는 큰오빠를 앞세우고
기차역으로 떠나기 전에 딸에게 울지 말고 새언니 말을 잘
들어야 한다고 조곤조곤 타일렀다. 아이는 신통하게도 낯가
림을 하지 않고 새언니 꽁무니를 졸졸 따라다니며 말참견이
잦았다. 새댁도 그러는 사촌 시누이가 귀여웠던지 하나로 묶
은 머리를 풀어 갈래머리로 따주고, 간식도 챙겨주었다. 그
럼에도 해가 질 무렵이 되자 아이는 갑자기 집으로 가고 싶어
졌다. 집으로 가고 싶은 마음이 들자 가슴이 두근거렸고 울음
이 터지려고도 했다. 가만히 대문을 열고 큰집에서 빠져나와

신작로를 따라 걷기 시작했다.

미루나무가 줄지어 선 신작로는 자갈이 많았다. 작은 돌부리도 박혀 있었고, 움푹 파인 곳도 있었다. 더러 트럭이 먼지를 뽀얗게 일으키며 지나갈 때면, 두 손으로 얼굴을 가리고 신작로 가에로 피했다. 발가락이 아파 왔다. 그러나 집으로 돌아가려면 발이 아파도 참아야 한다고 생각했다.

늦가을 짧은 해가 서쪽 능선으로 넘어가자 노을이 신작로를 환하게 비추었다. 아이는 더 빨리 걸었다. 심장박동도 따라서 빨라졌다. 어디선가 무서운 짐승이 앞을 가로막을 것도 같았고, 낯모를 사람이 번쩍 안고 가선 서커스단에 팔아 버리면 어쩌나 싶기도 했다. 달걀귀신, 뿔 달린 도깨비와 몽달귀신도 머릿속으로 들어와 복작거렸다.

몸집이 유난히 작은 계집아이에게 집으로 돌아가는 시오리 길은 태어나 처음으로 저 혼자서 넘어야 하는 큰 산이었다. 눈물을 흘려서도 안 되었다. 사방으로부터 어둠살이 좁혀들자 아이는 길바닥에서 돌 두 개를 주워 손아귀에 꼭 쥐었다. 그 돌은 자신을 위험으로부터 방어할 때 쓸 절대의 무기였다.

아이는 발가락에 물집이 잡혀 터지는 줄도 몰랐다. 두려움에 떨며 어둠 속을 걸어 집으로 돌아왔으나 어찌 된 일로 집은 텅 비어있었다. 응당 있어야 할 작은오빠는 부재중이었다. 성냥을 찾아 남포 심지에 불을 붙이자 벽에 걸어 놓은 가족사진과 오빠들의 옷가지들이 눈에 들어왔다. 비로소 아이는 안도의 날숨을 크게 내쉬고 곧바로 반닫이에 올려놓은 이불을 내렸다. 춥고 배가 고팠지만 전신으로 밀어닥치는 피로를 감당할 수 없었다. 엄마가 베고 자던 베개를 끌어안고 혼절하듯 깊은 잠에 빠져들었다.

잠에서 깨어난 아이는 여러 날을 된통 앓았다. 큰댁에서 사촌 오라버니가 허둥거리며 다녀갔고, 친구들과 어울려 놀다 늦게 집으로 돌아온 작은오빠는 잠든 동생의 발을 보고 눈물을 삼켰다.

그 후에 나는 살아오면서 감당하기 어려운 일이 닥칠 적이면 신작로를 걸어가던 그 아이를 생각했다. 오로지 제 둥지로 돌아가려는 본능에 매달려 발가락에 물집이 잡히고 그 물집이 터져 피와 엉겨붙는 줄도 모르고 겁에 질려 걸어가던 아이의 절박한 심정을 생각하면 계획했던 일이 난마처럼 얽히어도 당황하지 않고 일이 순조롭게 풀릴 때까지 진득하게 기다릴 수 있었다. 뿐만 아니라 삶이 흐트러지지 않도록 단속하는 일에도 게으름을 부리지 않았고, '과유불급(過猶不及)'을 운용의 묘로 삼기도 했다.

이마를 스치는 바람결이 차다. 허수아비 옷자락에서 밤을 견딜 작은 발레들이 자꾸만 눈에 밟힌다. 앞으로 날씨가 추워지면 필경 가사상태로 겨울을 넘길 것이다. 이래서 겨울나기에 들어간 작은 생명들은 하나같이 가엽다.

(『에세이문학』 2017. 가을호)

꽃이 오다

어깨 위로 다습게 내려앉는 햇살을 받으며 뒷동산으로 향한다. 발걸음을 옮길 적마다 눈비에 마르고 젖기를 반복하던 나뭇잎들이 소리도 없이 밟힌다. 부토로 돌아가는 조용한 순응이다. 무릇 살아 있는 것들은 우주의 질서와 종의 진실을 거스르지 않는다. 나고 죽고 태어나기를 거듭하는 순환의 고리는 지구가 공전을 멈추지 않는 한 뫼비우스 띠처럼 영원히 이어질 것이다.

밤나무단지 가까이 이르자 인기척에 놀란 장끼 부부가 공중으로 날아오르며 기운차게 울어 제친다. 건강한 생명의 외침이다.

겨우내 정물처럼 적막하던 밤나무 숲에도 입덧하는 임산부의 입김처럼 비릿하면서도 나긋한 기운이 감돈다. 밤나무 가지를 휘어잡고 살짝 껍질을 벗겨보니 수액이 끈끈하게 묻어난다. 그러나 푸른 수액이 돈다고 해도 밤나무 잎은 4월 말께나 돋아날 것이다.

올해에도 밤나무 가지마다 국수발처럼 소담하게 생긴 밤꽃이 흐드러지게 오기를 기다린다. 이곳 산촌 사람들은 꽃이 피었다고 하지 않고 '꽃이 온다'고 한다.

나는 '꽃이 온다'라는 말이 그럴 수 없이 좋다. 꽃이 오는 봄, 망설임 없이 사과나무와 복숭아나무와 블루베리 가지마다 환하게 꽃이 오면, 개나리 진달래 목련과 라일락꽃이 목젖 알싸하도록 향기를 날린다. 그렇게 꽃이 오실 양이면, 조금은 외롭고 쓸쓸한 우리 집 추녀 끝도 슬쩍 치켜 올라간다.

곧 온 산하가 꽃들의 함성으로 들썩일 것이다. 이럴 때 꽃나무 아래 눈감고 앉아 마음을 열면 꽃이 오는 소리를 속속들이 들을 수 있다. 꽃이 우주의 열림으로 오시는 그 황홀한 은총에 나도 모르게 감정의 현을 조이게 된다. 흙의 부드러운 화음으로 세상과 소통하고 싶은 희망도 생긴다. 그리운 이름들을 하나하나 호명하여 만화방창, 꽃 가운데로 불러내고 싶어진다. 지상에 피는 모든 꽃은 우리와 가장 가까운 이웃이 아니더냐며 어우렁더우렁 어깨춤이라도 추어나 보고 싶어진다. 그런 날 휘파람새 불러다 시 한 편 안 짓고 어찌 견디랴.

우리 집 후원에
조팝꽃 흐드러지게 핀 건
무죄다.

그렇지만
집 앞 능금나무 연분홍 꽃 핀 건
유죄다.

오늘 새벽
능금나무가 휘파람새 울음 훔쳐다
꽃봉오리 속에 감춰 두는 것 내가 다 보았다.
　　-졸시 〈증인〉 전문

(『그린에세이』 2017. 3-4월호)

종이책 이야기

점심 식사 후 두어 시간은 나른하고 권태롭다. 건너편 아파트 건물 위로 머무는 구름조차 게으름을 부린다. 이토록 평화스러운 권태를 즐기는 방법은 책 읽기가 제일이다. 창으로 비쳐드는 초가을 볕이 눈부시어 블라인드를 내렸다. 책을 손에 들고 정물처럼 앉아 있으면 세상사가 아득하다.

지난해 여름엔 1981년 1월에 산 ≪열하일기≫와 아우구스티누스의 ≪고백록≫을 잼처 읽었다. 좋은 책을 다시 읽으면 적조했던 스승을 찾아뵙는 듯 반가움과 함께 미처 깨닫지 못한 부분을 다시 발견하게 된다.

올여름엔 ≪연암집≫을 피서지로 삼았다. 세 권이나 되는 이 책은 권당 400쪽이 넘는다. 겨울까지 읽을 셈 치고 산 것이다. 가능한 건 넘지 않고 차근차근 읽으며 선생이 남긴 지적 유산을 속속들이 챙길 요량이다.

나는 지금도 책을 들면 다산 선생이 제자 황상에게 일러준 '삼근계(三勤戒)'를 생각한다. "부지런하고, 부지런하고, 또 부지런히 공부하거라." 그렇게 배우다 보면 공부하는 진진한 재미가 생기고, 학문이 몸에 밴다고 가르쳤다. 그분의 지성스러운 가르침은 나에게도 평생토록 배워야 할 덕목이다. 선생께선 스무 해 동안 유배지에서 방바닥에 닿은 복사뼈가 세 번이나 구멍이 나도록 저술에 몰두하셨다. 하여 '과골삼천(踝骨三穿)'이란 어록을 남기셨다. 제자 황상은 이런 스승의 가르침에 순종했다. 부지런히 읽고 부지런히 복습하고 부지런히 써서 마침내 아전의 아들이란 신분을 뛰어넘어 조정의 대신들조차 그의 학문과 시문을 흠모하는 경지에 이르렀다.

그러나 글로벌 시대가 도래하면서 현대인들은 줌 안에 드는 스마트폰과 스마트워크로 온라인 무료 정보를 이용해 모든 것을 해결한다.

내가 사는 아파트는 20층 건물이다. 양쪽 세대를 합쳐 40개 우편함에 일간지 신문이 꽂혀 있는 함은 두 곳뿐이다. 노트북과 컴퓨터로 신문을 입맛대로 검색해 읽는 젊은이들에게 디지털 문화에 적응하지 못한 시니어란 신분이 여지없이 들통난 셈이다.

요즘 젊은이들은 번개 치듯 빠른 손놀림으로 포털사이트와 인스타그램을 만들어 자기 취향과 능력을 발휘한다. 소셜미디어의 힘은 또 얼마나 대단한가. 웹사이트로 산문과 소설을 연재하는 작가들도 적잖다. 때문에 젊은 층들은 마음만 먹으면 때와 장소를 가리지 않고서도 검색만 하면 읽을거리가 수두룩하다. 50대인 두 아들도 스마트폰으로 신문에 난 기사와 사설을 읽는다. 그들 역시 구태여 돈 주고 신문을 구독할 필요성을 느끼지 않는다. MZ 세대인 손자 녀석은 아예 책 자체가 짐이 된다는 인식도 아날로그 작가들을 서글프게 한다.

이렇게 신종 기기가 무소불능인 시대에 종이책의 운명은 오래지 않아 종식될 것이라고 예측하는 사람들이 적잖다. 하지만 나는 낙관적이다. 10년 전에도 종이책이 곧 사라질 것이라고 설왕설래했었다. 2017년이면 신문마저 사라질 것이라고 지레 예측했으나 종이신문은 여전히 배달되고 있으며, 나 또한 10년 전 그대로 신문에서 소개되는 신간 중에 읽을 만한 책이 눈에 띄면 곧바로 교보문고로 주문한다.

다산 선생이 쓴 ≪유배지에서 보낸 편지≫는 30년 동안 꾸준히 독자층을 늘려 28쇄를 찍었다. 정민 선생이 쓴 「삶을 바꾼 만남」도 출간 6년 동안 16쇄를 찍었고 ≪열하일기≫도 마찬가지다. 2백 년 전에도 젊은 유생들이 열광했던 이 책은 2백 년이 지나간 지금도 책을 볼 줄 아는 지성인들에게는 파워클래식이다. 이유는 간단하다. ≪열하일기≫엔 연암 박지원 선생이 육촌 형인 박명원을 따라 청나라 건륭제의 칠순연(七旬宴)에 가는 사절단에 끼어들어 청나라에서 보고 듣고 느낀 것들을 사진을 스캔하듯 치밀하면서도 유려한 문체로 기록한 견문기다. 이 견문기엔 시는 물론 수필과 소설형식의 글과 일기까지 포함되었다. 유교적인 규범에 매이지 않고 여러 장르를 자유롭게 넘나들면서 기록한 다양한 형식과 풍부

한 내용에 당시 유교 사상에 묶여 있던 서생들은 반하였다. 마침내 정조 임금은 불온서적으로 낙인찍어 금서로 묶어놓았으나 새로운 것을 추구하는 젊은 지식인들의 거대한 흐름은 막을 수 없었다.

이게 좋은 책이 가지고 있는 생명력이다. 이 생명력의 저력은 앞으로도 종이책의 명줄을 지켜낼 것으로 믿는다. 그리고 더 희망적인 것은 한국문인협회에 등록된 시인과 소설가와 수필가와 인문학자들이 수만 명에 이른다. 이들은 종이책을 애독하는 진짜 선비들이고 작가들이다. 이들은 밤잠을 줄여가면서 책을 손에 들고 천천히 내용을 충분하게 음미하면서 읽을 줄 안다. 나도 그들 중 한 사람이다. 그리곤 책을 읽다가 마음에 와닿는 구절을 만나면 붉은 볼펜으로 언더라인을 친다. 이 조용한 기쁨을 나는 시력이 허락할 때까지 누릴 작정이다.

사람들은 내적 절실함을 밖으로 표출하고 싶은 본성을 지니고 있다. 과학이 고도로 발달할수록 내면에 잠재하고 있는 절실함을 자신의 능력으로 채우지 못할 때는 무엇인가로 대체하고 싶어 한다. 인문학은 바로 이런 이들을 연금술적으로 감싸 주는 역할을 한다. 그러므로 전자매체가 아무리 판을 쳐도 종이책은 사라지지 않을 것이라는 걸 나는 믿어 의심치 않는다.

(『계간수필』 2018. 가을호, 일부 개작)

별이 빛나는 밤에

별은 우주의 꽃이다.

해가 지고 어둠이 짙어지면 지붕 위로 별꽃이 팝콘처럼 피어난다.

은하 군단 속에서 피어나는 별꽃을 보기 위해 여름철이면 설거지를 서둘러 끝내고 실내의 등을 모두 끈 다음, 뜰로 내려가 하늘을 올려다본다. 어둠 속에서 빛나는 별의 수(數)는 상상을 초월한다. 천문학자들은 1초에 100개씩 세어도 2조 년이 걸린다고 한다. 천 년도 만 년도 아닌 2조 년이라니 우리가 쓰고 있는 수의 개념이 무색해진다.

우주 공간에 떠 있는 물체들도 생성과 소멸을 거듭한다.

태양의 수명은 100억 년 이상이라고 한다. 사람이 100년을 산다고 쳐도 태양의 수명에 1억 분의 1로 계산해보면 5분 정도 살다 죽는 셈이다. 하루살이의 일생을 입에 담을 일이 아니다. 별들도 사람처럼 성분에 따라 수명이 일정치 않다. 다만 질량이 무거운 별일수록 죽을 때 방출하는 물질이 많다고 한다. 방출된 물질이 사방으로 흩어지면서 성간을 이루고, 이것이 다른 별에서 나오는 물질과 합쳐져 거대한 성운을 이루면서 수만 개의 별들이 탄생한다니, 꽃 한 송이에서 수백 개의 씨앗이 떨어지는 것과 같다. 이렇게 태어난 아기별들이 파란빛을 발하며 지구라는 푸른 행성에 닿기까지 1초에 30만 킬로미터로 4~5년 동안을 달려온다고 한다. 그러니 지금 내 눈에 들어오는 별 무리가 4~5년 전에 1초에 30만 킬로로 달려 내 시야로 들어왔다는 얘기다.

하지만 나는 이렇게 어마어마한 속도로 달려온 물리적인 현상보다는 별을 바라보고 있으면 유년 시절로 돌아가고 싶어진다. 초등학교 입학하기 전까지 엄마는 사람이 죽으면 하늘로 올라가 별이 된다고 했고, 나는 그것을 사실로 받아들였다. 그래 멍석이 깔린 마당에서 엄마 무릎을 베고 누워 가끔씩 별똥별이 산 너머 저쪽으로 사라지는 걸 보면, 엄마가 이번엔 별이 된 사람이 하늘에서도 영영 사라지는 것이라고 하였다. 그때 영영 사라진다는 말이 어린 가슴에 커다란 슬픔을 안겨주었다. 그래서 엄마 손을 꼭 잡고 엄마는 절대로 죽으면 안 된다고 울며 떼를 쓰기도 했었다. 내가 세상에 태어나 가장 순결한 영혼을 지녔던 시절에의 이야기다.

태양과 별을 비롯하여 우주 공간에 떠 있는 모든 물체들은 서로 연결되어 있다. 인간도 물론이다. 저 푸른 바닷물이 지구 밖으로 쏟아지지 않고 우주 공간에 떠 있을 수 있는 것도, 천체 안에서 존재하는 물체들이 서로가 서로를 끌어당기는 중력에 의해서이다. 이 얼마나 경이롭고 아름다운 관계인가. 이 거대한 연결의 인드라 망 속에서 내가 지구란 별에 태어나 사랑하는 사람과 만나 자식을 낳고, 또 그 자식이 또 자식을 낳아 대를 이어가며 살고 있다는 사실을 생각하면 가슴이 벅차다. 때문에 뜰로 내려가 목을 젖히고 꽃자리 하나씩 찾아 가슴에 품어 보곤 한다. 1초에 30만 킬로로 4~5년 동안을 달려온 별들을 바라보며 숨 고르기를 해 보는 것이다. 그러노라면 더러는 시적 에스프리가 내 삶의 이력서에 풀잎 같은 음표를 달아 놓기도 한다.

(『그린에세이』 2019. 5-6월호)

솔희의 결혼식 날

솔희가 기어코 청첩장을 들고 찾아왔다. 예상했던 일이지만 축하한다는 말이 좀체 입 밖으로 나오지 않았다. 두 사람 사이에 어색한 침묵이 고였다. 나는 피 한 방울 섞이지 않은 그에게 더 이상의 간섭은 소모적인 행위라고 애써 자위했다. 하지만 마음 한쪽에선 저 영특한 친구가 평생토록 남편의 휠체어를 밀고 다닐 것을 생각하니 안쓰러움보다는 야속함이 앞섰다.

몸을 돌려 밖으로 시선을 보내니 초여름 햇살 속에서 정원의 숲은 싱그러웠고, 산딸나무 흰 꽃이 눈부셨다. 결국 솔희가 두 사람 사이에 가로놓인 어색한 침묵을 허물었다.

"선생님, 제 결혼식에 오시어 시 한 편만 낭송해 주세요. 시간 맞춰 오시는 것 잊지 마시고요."

그는 애초부터 나의 대답은 생략한 듯싶었다. 제 말만 던져 놓고 밖으로 나가 차에 시동을 걸고 쏜살같이 달아나버렸다. 그러나 나는 보았다. 돌아서는 그애의 눈에 넘치도록 고이던 눈물을.

그날 밤, 나는 정호승의 시 〈나뭇잎을 닦다〉를 인쇄해 곱게 반을 접어 봉투에 담아 놓았다. 그리고 청첩장에 적힌 날짜가 돌아오자 결혼 시간을 맞추기 위해 집을 나섰다. 예식 시간은 저녁 여섯 시, 예식장은 충주 KBS방송국 근처 그랜드호텔이었다.

식장에 도착하자 한 젊은이가 다가와 가슴에 꽃을 달아주었다. 주례를 맡은 것도 아닌 터여서 나는 '이거 무슨 꽃이냐?'고 다그쳤다. 청년은 정중하게 '오늘 주례는 선생님이 맡아주셔야 한다.'며 미리 말씀드리면 거절하실 것 같아 이렇게 무례를 범했노라고 얼굴을 붉혔다. 이게 무슨 변고인가 싶었지만 꼼짝없이 주례를 대신해야 할 입장에 처하고 말았다. 젊은이의 안내로 식장으로 들어서는 순간 걸음을 멈추지 않을 수 없었다. 결혼식장에 온 하객들은 휠체어를 탄 장애인들과 그들을 데리고 온 가족과 봉사자들로 가득 차 있었기 때문이었다.

나는 사회자에게서 식순을 받아들고 단상으로 올라갔다. 이어 웨딩 마치가 울려 퍼지고 드레스를 입은 신부가 미소를 띠고 신랑이 탄 휠체어를 밀고 천천히 들어왔다.

결혼식은 순조롭게 진행되었다. 신부와 신랑의 결혼선언문을 끝으로 준비해간 시를 꺼내어 또렷한 음성으로 낭독했다.

저 소나기가 나뭇잎을 닦아주고 가는 것을 보라
저 가랑비가 나뭇잎을 닦아주고 가는 것을 보라
저 봄비가 나뭇잎을 닦아주고 기뻐하는 것을 보라
기뻐하며 집으로 돌아가 고이고이 잠드는 것을 보라

우리가 나뭇잎에 앉은 먼지를 닦는 일은

우리 스스로 나뭇잎이 되는 일이다

우리 스스로 푸른 하늘이 되는 일이다

나뭇잎에 앉은 먼지를 닦아주지 못하고 죽는다면

사람은 그 얼마나 쓸쓸한 것이냐

　　-정호승의 시 〈나뭇잎을 닦다〉 전문

　나는 목이 메지 않도록 배꼽과 성대에 힘을 주고 시를 읊은 다음, 그 시를 뼈대 삼아 간략하게 축사를 이어나갔다. 사실 그곳에 모인 이들은 이미 스스로 나뭇잎이 되었고 푸른 하늘이 되었으며, 스스로 소나기가 혹은 봄비가 된 사람들이었다. 그들도 솔희처럼 부모님의 반대를 무릅쓰고 한 남자의 아내가 되었고 한 여자의 남편이 되었을 터였다. 나는 자꾸만 목울대가 아파왔지만 무사히 축사를 마쳤고, 2부 행사로 넘어갔다.

　그날 축가를 맡은 40대 초반의 여성이 목발을 짚고 나와 〈어메이징 그레이스〉를 아름다운 메조소프라노로 불렀다.

이때 맨 뒷자리에 앉아서 딸의 결혼식을 지켜보던 신부의 어머니가 손수건을 꺼내 입을 틀어막았다. 금쪽같은 막내딸이 나이가 한참이나 위인 하반신 장애자와 결혼을 하겠다고 보채던 날부터 노모는 세상에 어찌 이런 일이 일어날 수가 있는가 싶어 딸의 말이 헛소리로 들렸을 터였다. 영감님도 신부의 오라비들도 반대의 깃발을 끝내 내리지 않았다. 어머니 혼자서 강원도 산촌에서 버스를 타고 오시어 맨 뒷자리에 숨은 듯 앉아 있었던 것이다.

하지만 나는 비로소 가슴을 쓸어내릴 수 있었다. 두 사람은 분명 잘 살 수 있을 것이라는 믿음을 식장에 모인 하객들을 보면서 확신할 수 있었기 때문이었다.

솔희는 대학에서 역사학을 전공했으나 어려서부터 검도를 몸에 익혀 대학을 졸업하고 곧바로 해동 검도관에서 학생들과 직장인들에게 검도를 가르쳤다. 검으로 단련된 골격은 유연했고 자태는 날렵하면서도 고왔으며 성품 또한 밝고도 야무졌다.

두 사람은 친구의 소개로 알게 되었다. 남자는 대학에서 화공과를 졸업하고 석탄공사에 입사했다. 대기업이라 호봉 수도 높았다. 그러나 막장으로 들어가 폭약을 설치하던 중 갱도가 무너져 내렸다. 구조팀에 의해 목숨을 건졌지만 그는 발가락 하나도 자신의 힘으론 움직일 수 없는 하반신 장애인이 되어버렸다.

30대 중반에 이와 같은 불행이 닥치자 아내는 남편과 어린 남매를 버리고 집을 나갔다. 남자는 어쩔 수 없이 아이들은 노모에게 맡겼다. 생활비는 산재보험금을 받아 어렵지 않게 꾸려나갈 수 있었다.

솔희는 휠체어를 탔지만 준수한 외모와 성실하고 세련된 매너에 끌려 저녁이면 오프라인을 이용해 숱한 편지를 주고받았다. 시간이 지나면서 이 불행한 남자의 아내가 되어 새로운 삶을 개척해 보리라 결심하게 되었다.

나와 솔희와의 인연은 충주예총 주최로 열린 여성 백일장에서 시작되었다. 심사를 맡았던 나는 그의 작품을 장원으로 뽑았다. 주최 측에서 정해 준 제목에 맞추어 글을 풀어나가는 문장과 구성이 탄탄했다. 나는 내심 우수한 수필가로 커나갈 것으로 기대했고, 그도 나의 의중을 믿고 따라줄 것을 약속하였다. 게다가 나이가 어려 자연스럽게 딸내미처럼 무람하고 살가운 사이로 발전되었다.

어느덧 솔희가 시집간 지도 6년이 되었다. 그들 내외는 현재 독일을 거쳐 노르웨이에서 두 달째 체류 중이다. 두 사람은 결혼 후에 남자는 순천향대학에서 장애 복지학으로 박사 학위를 받았고, 아내는 재활 스포츠로 박사 논문을 끝내고 동유럽 쪽의 장애인복지시설과 장애인을 위한 사설체육관을 견학하고 있는 중이다. 앞으로도 이들은 천상이 아닌 지상에서 한 쌍의 비익조(比翼鳥)가 되어 장애인들과 손잡고 잘 살아낼 것을 나는 믿어 의심치 않는다. 때론 봄비가 되어 나뭇잎을 닦아주고 기뻐하며 집으로 돌아가 둘이서 이마를 마주 대고 고이 잠이 들기도 할 것이다.

(『에세이스트』 2016. 7-8월호)

구멍난 나뭇잎의 변주

요즘 사진작가들이 찍어낸 작품을 보면 영상예술의 무한한 가능성에 감동하지 않을 수 없다. 이메일로 전송된 사진은 포토샵을 이용하지 않고 찍었다는 사실을 앞서 밝혔다. 그럼에도 마우스를 클릭하며 아래로 내려가는 동안 수천만 마리 새들이 마치 허리케인을 일으키듯 공중으로 날아오르는 장면과, 빗물에 젖은 축구공이 물방울을 타원형으로 분사시키며 돌아가는 장면은 나의 상상력으론 가늠을 수 없는 새로운 경지다.

그러나 이보다 더 나의 마음을 사로잡았던 것은 〈거미와 잎이 어울리는 세상〉이란 작품이다. 벌레가 생강나무 잎 가운데로 들어가 동그랗게 파먹은 자리에 거미가 들어가 집을 짓고 있는 동적인 행위도 볼만하지만, 미완성된 그물 사이로 들어오는 아련한 풍경이 나의 눈길을 사로잡았다.

대개 벌레란 녀석들은 잎사귀를 먹이로 삼을 땐 이파리 가장자리로부터 주둥이를 대고 사각사각 먹어 들어간다. 그런데 이 녀석은 기존의 상식을 깨고 잎사귀 가운데로 들어가 그것도 모양새가 안정감 있는 동그란 형태로 파먹고 빠져나갔던 것이다. 거기에 눈 밝고 영리한 거미란 놈이 그 안에서 명주실처럼 희고 고운 그물을 치고 있었다.

나는 미완의 거미집을 보면서 이 장면을 포착한 작가의 행운에 갈채를 보냈다. 숲엔 수많은 나무가 있고, 나무들마다 수천 개의 잎사귀를 매달고 있다. 그게 그 모양인 듯싶은 이파리 중에서 운 좋게 구멍 난 잎사귀에 들어가 열심히 그물을 치고 있는 거미를 만났다는 것은 기적에 가깝다. 기적에 가까운 행운을 만나 그는 3분의 1쯤 남은 여백을 통해 그물 저쪽으로 보이는 환상에 가까운 전경에 짜릿한 쾌감과 묘미를 느꼈을 것이다.

사실 거미가 그물을 완성시켰다면 작품이 주는 재미는 반감되었을 것이다. 작가도 채워야 할 삼분지 일의 구멍을 통해 연초록으로 흔들리는 숲의 실루엣과, 그 구멍을 채우기 위해 부지런히 그물을 짜는 거미의 동작에 포커스를 맞추었다. 그래 나는 절묘한 찬스를 잡은 작가의 행운과 안목에 기꺼이 갈채를 보낸 것이었다. 물론 사진작가는 내가 사이버공간 안에서 미소를 지으며 보내는 갈채를 듣지도 보지도 못할 것임을 잘 안다. 하지만 이런 기막힌 사진을 저작권 보호란 이름으로 가둬놓지 않고 여러 사람이 공유할 수 있도록 창을 열어놓은 그 열린 의식이 무엇보다 고마웠다.

　나의 시선은 다시 나뭇잎에 뚫린 동그란 구멍에 머무르는 동안 내 안에서 일어난 생각은 나뭇잎과 벌레와의 삼각관계에 대해서다. 나뭇잎을 벌레가 갉아 먹지 않았더라면 거미는 은빛 그물을 치지 못했을 것이다. 여기에 나방이 한 마리가 타원형 그물에 걸려든다면 삼각관계는 또 한 번 먹이사슬 관계로 발전하게 될 터이다.

　사진 속에 거미는 몸집이 작다. 게다가 기생 거미처럼 다리도 늘씬하게 길지도 못하고 붉은 무늬도 달지 못했다. 또 풀등 거미처럼 보호색도 띠지 않았다. 그러나 하얀 다리와 통통하게 생긴 몸통이 귀염성스럽다. 하지만 거미가 작다고 만만하게 여겨선 안 된다. 놈은 제 몸 다섯 배도 넘은 나방이나 말벌이 걸려들어도 줄만 끊어지지 않으면 은신처에서 서서히 다가가 독을 주입시켜 가사상태로 만들어 놓을 것이다. 그런 다음엔 소화액을 한 번 더 주입시키면 나방이건 말벌이건 매미건 내장이 몽땅 녹아버린다. 매우 과학적으로 진화된 수법이다. 집 주변에서 거미에게 내장을 몽땅 먹히고 박제가 되어 거미줄에 대롱대롱 매달린 꽃매미나 잠자리, 벌 따위를 볼 적마다 사람들 중에서도 거미와 같이 치밀하고 잔인한 수법으로 남의 재산을 몽땅 흡수해 버리는 이들을 생각하게 된다.

그동안 나도 먼 길을 걸어왔다. 고단한 여정 속에서 때론 아주 커다란 구멍을 내고 가는 이도 있었고, 살짝 흠집만 내고 가는 이도 있었다. 커다란 구멍이 뚫릴 땐 오래 앓았다. 그러나 시간이 흘러가는 동안 나는 글 쓰는 열정과 시적 언어로 구멍을 채우고 상처와 불신을 환치시켰다.

생강나무 잎사귀도 벌레에게 먹힐 때는 몹시 아팠을 것이다. 벌레는 이파리의 아픔 따위는 무시하고 오로지 우화(羽化)만을 꿈꾸며 나뭇잎에 달라붙어 주둥이를 대고 야금야금 파먹었을 것이다. 나뭇잎들은 자신의 힘으로 어찌해 볼 수 없었던 무방비 상태에서 먹히는 고통을 겪었을 터이다. 뒤늦게 아픔으로 뚫어진 허전한 자리를 이번엔 거미란 놈이 들어와 그물을 치자 '그럼 너라도 들어와 편히 살면 되지 않겠냐'며 나뭇잎은 흔쾌히 거미를 수렴하였을 것이다. 그리곤 기적에 가까운 행운으로 사진작가를 만나 구멍 난 나뭇잎이 거미와 어울리는 새로운 변주를 우리들에게 보여줄 기회를 얻게 되었다.

이게 나무의 생태이고 경지다. 한 번 태어난 자리에서 붙박이로 서서 과거와 현재의 사건들을 나이테에 감추고 동적인 생명들이 찾아와 깃들게 하는 경지, 혼자이면서 더불어 숲을 이루는 푸른 숨결, 그 푸른 숨결로 생강나무는 또 하나의 새로운 변주를 꿈꾸고 있을 것이다.

(『현대수필』 2017. 겨울호)

혀의 사설을 듣다

나는 사람의 입안에 뿌리를 내리고 있는 '혀'라는 기관이다. '혀'라는 명칭은 사람들이 붙여준 명사인데 나의 생김새는 솔직히 못생긴 편에 속한다. 다행히 길쭉하게 생긴 내 모양새를 입술이 숨겨주고 있어 고맙게 여긴다.

내가 뿌리를 내리고 있는 곳은 내분비샘과 지방 사이다. 몸체는 단단한 근육질로 되어 있고, 부위에 따라 신맛, 짠맛, 달고 매운맛과 쓴맛까지 오미를 두루 느끼는 기능이 뛰어나다. 또 미뢰(味蕾)라는 작은 돌기들이 촉촉하고 보드라운 혀끝에 무수히 돋아나 입안으로 들어오는 모든 음식의 맛을 골고루 즐기도록 도와주기도 한다. 이때에도 어금니가 음식을 잘 씹을 수 있도록 몸통을 가능한 한 민첩하게 굴리는 데 이런 나의 모습은 기계가 자동시스템으로 돌아가는 것과 많이 닮아있다.

내가 하는 일은 이것뿐만이 아니다. 언어를 구사할 때에도 자음과 모음으로 말을 만들어 주인이 원하는 대로 완벽하게 전달해 준다. 그러나 주인은 한 번도 내가 하는 일에 관하여 고맙다는 생각조차 하고 있지 않은 눈치다. 그래도 식사 후 양치질할 때만은 내 몸을 길게 빼내어 칫솔로 살뜰하게 닦아 준다.

오늘은 주인과 함께 외출을 했다가 돌아왔다. 시내에서 집으로 돌아오는 30분 동안 주인은 차 안에서 한 번도 나에게 말을 시키지 않았다. 대신 영화음악 〈원스 어폰 어 타임 인 아메리카〉와 〈노팅힐〉을 들으며 여러 갈래의 길을 거쳐 집에 도착한 시간은 산그늘이 설핏 내릴 무렵이었다.

주인과 함께 차에서 내리자 고양이란 녀석이 마루 밑에서 재빠르게 달려 나오며 "야아옹" 인사를 건네고는 이내 땅바닥에 벌러덩 드러누웠다. 제 딴엔 반갑다는 제스처인데 배를

드러내고 자빠져 있는 모양새가 여간 우스꽝스러운 게 아니었다. 주인은 비로소 내게 말을 하도록 명령을 내렸다. 나는 주인이 시키는 대로 "그래, 집 잘 보았느냐?"고 물었고, 주인은 손으로 녀석의 배와 목을 살살 문질러주자 놈은 눈을 지그시 감고 훌라춤을 추듯 허리를 배틀며 애교를 부렸다.

주인은 고양이에게서 손을 거두고 열쇠로 현관문을 따고 안으로 들어가 옷을 갈아입고 거실로 나왔다. 다시 녀석의 행동이 궁금했는지 거실 유리문 앞으로 다가가 목을 길게 빼고 밖으로 시선을 보냈다. 놈은 어느새 현관 앞으로 올라와 혀로 앞발을 핥고 있었다. 필경 두더지나 쥐를 잡아보겠다고 설치고 돌아다니다 털에 달라붙은 풀씨와 티끌을 혓바닥으로 쓸어내는 중이었을 게다. 놈의 혀에는 갈고리처럼 끝이 날카로운 돌기가 돋아나 털에 달라붙은 풀씨나 진드기 같은 벌레들을 제거하기에 적합하도록 진화되었다.

네 발 가진 포유동물들에게 혀는 먹이를 먹을 때뿐만 아니라 손의 역할까지 감당한다. 제 몸을 다듬는 것은 물론 새끼를 낳으면 새끼들 몸에 묻은 미끄러운 양수도 혀로 깨끗하게 핥아주고 애정 표현도 혀를 이용한다. 새끼들은 어미가 혀로 얼마나 자주 그루밍을 해 주는가에 따라서 건강 상태와 인지 능력 발달에 크게 차이가 난다고 한다. 포유동물이 아닌 파충류들도 먹잇감이 나타나면 가늘고 긴 혀로 재빠르게 낚아챈다. 그들에게 혀는 먹이를 구하는 무기로 쓰인다.

혀를 이용한 애정 표현은 사람도 동물들과 마찬가지다. 남녀가 만나 최초의 애정 표현은 포옹 다음으로 혀를 이용한다는 것쯤은 누구나 아는 사실이다. 나도 첫 키스의 추억을 간직하고 있다. 두려움과 호기심과 짜릿함으로 두 다리가 후들거리던 그 순결한 떨림을.

그런데도 인간들 사이에서 일어나는 온갖 패설은 다 혀와 입에게로 돌린다. "혀 밑에 도끼가 들었다." "부드러운 혀가 뼈도 깎는다." "혀를 잘못 놀리는 것보다 차라리 발을 잘못 디뎌 넘어지는 편이 더 낫다."라는 등 온갖 못된 말은 다 내 혀가 했다며 모독할 양이면 화가 정수리까지 치솟는다.

입도 나처럼 수난을 겪는다. 사실 입은 내가 말을 만들어 내는 대로 입 밖으로 내보냈을 뿐이다. 그럼에도 "입에 재갈을 물리면 목숨을 지키지만, 입을 함부로 놀리면 목숨을 잃는다.” “입은 화(禍)의 문이고 혀는 몸을 자르는 칼이다.” “미련한 자는 입으로 망하고 그 입술에 스스로 옭매인다.”라면서 듣기만 해도 끔찍한 말들을 입에게 뒤집어씌운다.

그러나 이런 말도 사실은 혀가 주인을 잘못 만났을 때 일어나는 악설이다. 주인이 영적 수준이 높으면 자신의 인격이 손상되는 말을 만들지 않는다.

나에게 말을 하도록 명령을 내리는 곳은 대뇌이다. 언어영역을 담당하고 있는 대뇌는 주인이 잠들기 전까지는 1초도 쉬지 않고 일을 한다. 1천억 개의 뇌세포와 100조에 이르는 신경세포가 감정 기억 의지 인내 상황판단 외에도 대뇌에 속한 모든 기관들이 치밀하게 네트워크를 이루고 빠른 속도로 회전하면서 수시로 상황에 따라 명령을 내린다. 그러기 때문에 혀인 우리는 말하기 싫다고 해서 말을 안 할 수 있는 입장이 아니란 얘기다. 노래를 부르라고 하면 노래를 불러야 하고 기도를 하라고 하면 주인과 함께 기도의 말을 하느님께 바친다.

나쁜 말, 그러니까 막말을 쓰는 사람들은 의식 수준이 낮은 쪽이다. 그들은 본능이 시키는 대로 함부로 행동하는 것은 말할 것도 없거니와 언어도 칭찬보다는 흉보기와 험담과 저주하는 말까지 서슴지 않는다. 더러는 지식인들 중에서도 자신의 이익이나 출세를 위해선 혀를 놀려 남을 모함하고 거짓말을 꾸미도록 지시한다. 이런 주인을 만난 혀의 일생은 불행하다. 좋은 말, 희망을 주는 말, 위로가 되는 말과 그리움을 남기는 혀에 비해 그들의 혀는 평생토록 비천한 말로 죄만 짓다가 죽기 때문이다.

다행스러운 것은 말이 허공으로 사라진다는 사실이다. 만일 말에 무게가 있다면 지구는 인간들이 쏟아낸 말의 무게로 진즉에 폭발해 버렸을 것이다. 하지만 무게는 없어도 가슴에 비수가 되어 꽂히기도 하고, 평생토록 가슴 복판에서 아물지 않는 상처로 남겨 착하게 살아온 혀와 입까지 싸잡혀 악설에 말려드는 것이다.

오늘 나의 주인은 종일 방 안에서만 지냈다. 주인이 침묵을 지키면 나는 입안에서 주로 묵상으로 시간을 보내는데 점심 식사를 마치고 책상으로 돌아온 주인은 책에서 읽었던 글귀 한 줄을 꺼내어 펜으로 정성스럽게 써서 컴퓨터 몸체에 붙여 놓았다.

"이미 충분합니다."

그랬다. 주인은 지난해부터 감사하는 말을 가장 많이 입에 담는다. 그럴 적마다 나도 덩달아 기분이 좋아 고개를 끄덕이며 주인에게 미소를 보낸다.

(2018.)

곁가지

유월로 접어들면 배롱나무 밑둥치엔 곁가지가 여러 가닥으로 솟구쳐 올라온다. 처음엔 여린 햇순에 불과하지만 광합성을 이용한 에너지 활동이 활발해지자 목질 형태로 단단해지면서 수관을 높인다.

우리 집 정원에선 소나무와 배롱나무가 수장이다. 그걸 모르고 우쭐거리며 수장의 양식을 축낼 뿐만 아니라 수장이 지니고 있는 고유한 패턴까지 망가뜨리는 녀석들에게 남편은 올해도 예외를 두지 않고 전지가위를 들고 나섰다. 가위 날에 기세 좋게 뻗어나가는 곁가지들을 싹둑싹둑 잘라내는 소리를 듣고, 붕어 바위에 올라앉아 소꿉놀이하던 여섯 살배기 손녀가 쪼르르 달려와 묻는다.

"할아버지 이것도 나무인데 왜 죽이는 거예요?"

"응, 이건 쓸모가 없어서 쳐내는 거란다."

손녀가 이번엔 눈빛을 반짝거리며 '쓸모없다'는 것이 뭐냐고 캐묻는다. 할아버지는 이걸 어떻게 설명해야 좋을지 매우 난감한 표정이다.

문득 동화작가 이현주 선생이 환경연합회 회원들이 모인 자리에서 우스개 삼아 들려주었던 이야기가 생각난다. 그가 어느 날 은행나무 뿌리에서 삐죽하게 솟아난 곁가지를 보고 '너는 쓸모도 없는데 왜 나왔냐?'고 물었단다. 그러자 곁가지는

"당신이 말하는 쓸모 있음이란 무엇인데?

왜 꼭 쓸모가 있어야 하는데?

나는 쓸모가 있어 태어난 것이 아니고. 나 자신을 위해 태어났어.

그리고 쓸모없이 사는 자유를 알기나 해?"

그날 나에게 '쓸모없이 사는 자유'란 말은 신선한 충격이었다. 물론 곁가지가 말한 쓸모없음의 자유를 들어 동화작가는 현대인들이 함부로 자연을 훼손시키는 잘못을 지적하기 위해 예를 들었던 것이다. 하지만 나는 그런 담론보다는 은행나무 곁가지가 말한 '쓸모없음의 자유'란 단어에 사로잡히고 말았던 것이다. 나는 한 번도 내 자유의지로 살아보지 못했고, '쓸모없이 사는 자유'에 편승해보지도 못했으며, 감히 그런 용기를 내보지 못했기 때문이었다. 오로지 밥상머리에서부터 전수받은 예절교육과 옳음과 옳지 않은 것, 쓸모없음과 쓸모 있음을 나의 인식된 기준에 맞춰 선택하면서 살아왔다. 그게 나답게 살아가는 것이 아니라는 사실조차 깨닫지 못했던 것이다.

그러나 더 안타까운 것은 그 신선했던 감동은 그 자리에서만 반짝 머물렀고, 나는 한 걸음도 진일보하지 못하고 여전히 살아온 습관대로 쓸모 있음만을 선택하며 살아가고 있다는 점이다. 남편 또한 나와 별반 다르지도 않으련만, 손녀에게 곁가지를 쳐내야 하는 이유와 쓸모없음에 대하여 여러 가지

동작을 써가며 설명하지만, 손녀는 여전히 아리송한 표정이다.

그러나 저 아이도 어른이 되면 필경 쓸모없음의 자유보다 쓸모 있음에 매어 자유의지에서 자라는 곁가지를 수없이 쳐내며 살아갈 것이다. 제 삶의 깊이와 넓이를 재가면서.

(『그린에세이』 2017. 5-6월호)

고향, 기억의 뿌리

수구초심(首丘初心)이란, 여우가 죽을 때가 되면 제가 태어난 굴 쪽을 향해 머리를 둔다고 해서 생긴 말이다. 또 모천회귀(母川回歸)라는 고사 역시 연어도 죽기 전에 모천으로 돌아와 알을 낳고 죽음을 맞이한다 하여 지어진 명사다.

이렇게 털이 난 짐승들이건 비늘이 달린 물고기들이건 탯자리를 향한 집념이 이러할진대, 영장류의 인간이 어찌 태어난 고향을 잊을 수 있겠는가. 죽기 전에 반드시 한 번은 찾아가 안기고 싶은 마지막 장소인 것을.

아흔 살 먹은 난영 씨 할머니가 또 집을 나가셨다고 한다. 눈만 뜨면 아들과 며느리에게 당신이 태어난 집으로 돌아가야 한다고 보따리를 싸 들고 어린애처럼 보채시던 노인이 가족들이 잠시 한눈을 파는 동안 몰래 집을 빠져나갔던 모양이다.

할머니는 가출 사흘 만에 당신의 고향 마을 먼 친척으로부터 연락을 받았다. 가족들은 경찰서에 가출신고는 물론 가실 만한 곳을 모조리 찾아 헤매며 애를 태우는 동안에 백 리도 넘는 길을 혼자서 걷고 걸어서 마침내 청천면 한티란 마을로 돌아갔던 것이다. 해가 지면 어디서 잠을 잤으며, 때가 되면 누구에게 무엇을 얻어먹었는지 저간의 소식은 도무지 가늠할 수 없는 상태로 탯자리를 찾아간 할머니 몰골은 상상만으로도 어기차다.

이렇게 알츠하이머로 근간의 일은 전혀 기억하지 못하는 노인이 발에 물집이 잡히도록 걷고 걸어서 고향으로 돌아가는 것은, 당신이 태어난 곳에 대한 귀소본능이 무의식 상태에서 작용한 때문이다. 늙은 여우가 죽을 때 제가 태어난 굴 쪽으로 머리를 두는 행위와 다르지 않다는 얘기다.

이걸 한 편의 시로 끌어낸 이가 시인 장이지 선생이다. 그는 〈서정의 장소〉란 시에 껍더기가 된 늙은 여우를 등장시킨다. '눈이 짓무른 여우가, 시르죽어가는 여우가 어미의 털이, 형제의 털이 아직 남아 있는 굴을 향해' 발이 부르트게 찾아가 태아의 모양으로 몸을 말고 죽는다. '숨을 잃은 털 위로 희미한 빛과 바람의 화학이 내려앉는 곳에서 여우가 깨어나지 않는 것은' 태아의 잠으로 이어지는 곳이기 때문이라고 했던 것이다.

나의 친정어머니도 그러하셨다. 아흔다섯부터 치매 증상을 보이던 어머니가 처음 우리에게 보인 행동은 당신이 태어난 '오갑리'로 돌아가야 한다고 이층반닫이 앞에서 옷가지를 꺼내어 보따리에 싸는 일이었다. 보따리를 싸 놓고 그다음엔 손을 내밀며 돈을 달라고 하셨다. 왜 돈이 필요하냐고 물으면 목계강을 건너려면 뱃삯이 필요하고, 그다음은 아버지께 빈 손으로 갈 수 없으니 쇠고기 한 근이라도 사야 한다고, 그러니 돈이 필요하다고 졸랐다. 뿐만 아니었다. 당신이 낳은 딸을 하루아침에 언니란 호칭으로 바꾸어 불렀다. 나는 졸지에 언니가 되어 오만원권 지폐 두 장을 드리면, 두 손으로 공손

히 받아 보따리에 든 지갑에 넣고 방으로 들어가 혼곤히 잠들
곤 하셨다. 다행히 집을 나가는 일은 없었지만 매일 똑같은
일을 반복하셨다.

이렇게 기억상실증에 걸린 노인들은 하나같이 현재에서
과거란 물리적 거리를 거침없이 횡단한다. 그리곤 한사코 당
신이 태어난 탯자리로 돌아가길 소원한다. 올해 팔순에 든
친구는 서울 영등포가 고향이다. 어제 나눈 이야기는 기억하
지 못하면서도 기찻길 가까이 살았던 그는 비 오는 밤에 듣던
기적소리와, 기차 바퀴가 찰그락거리며 멀어지던 소리만은
또렷하게 기억한다. 눈발 날리던 저녁엔 찹쌀떡을 사라고 외
치는 소년에게서 찹쌀떡 한 봉지 사 들고 들어와 연탄불로
달구어진 아랫목에서 동생들과 나누어 먹던 날을 판화처럼
새기고 산다. 세상 물정 모르던 시절에 대한 그리움은 이처럼
원색적이다.

나는 고향으로 돌아와 살면서도 고향을 그리워한다. 5월이
면 그네를 타던 상수리나무 숲엔 신생 에너지를 위해 대형
태양광시설이 들어섰다. 뒷동산 오리나무 숲 역시 과수원으

로 개간되었고, 마을 어귀엔 거대한 콘크리트 난간을 열주로 세우곤 그 위론 4차선 버스 전용도로가 생겼다.

당신이 태어난 고향 집으로 가고 싶어 뱃삯을 달라고 조르던 어머니와, 큰오빠 내외분도 세상을 뜨셨다. 내 뼈가 자란 집 또한 남의 손으로 넘어가고, 사철 푸르던 측백나무 울타리도 사라졌다.

사방 어디라 할 곳 없이 낯설기만 하다. 아니 산천은 함초롬 늙은 나를 도리어 낯설어할지 모른다. 그러함에도 나의 기억 속에는 베개를 업고 옆집 윤자와 소꿉놀이하던 날이 아련하고, 초경을 치르던 첫날, 어머니가 쌀 서 되 세 홉 물에 불려 백설기 쪄 시루째 앞에 놓아주던 날의 부끄러움을 꿈속에서도 그리워한다. 가족의 온기와 체취가 배어 있던 안방과 앉은뱅이책상이 놓여 있던 내 방의 기억들이 죽어라 그리움을 키운다. 이건 필경 내가 늙은 여우가 되어가고 있다는 증거일 터이다. 이런 날엔 내 심장에 구멍이 숭숭 뚫리도록 울고 싶어진다.

(『계간문예』 2022. 여름호)

3.

고요하다

노년의 시간은 고요하다.
지나온 시간의 흔적들마저
수성펜으로 메모지에 써 놓았던 일정표가 지워지듯,
생존의 이유와 그에 따르던 스토리가
성취감으로 울려 퍼지던 칸타타 선율이
기억의 파일에서 거반 지워졌다.
때론 세 끼니의 밥 먹는 일조차도 무작위다.
실존에 의미를 잃어버린 시간은 무료하다.
-본문 중에서

고요하다

올해 들어와 남편의 몸무게가 부쩍 줄어들었다. 아무리 공을 들여도 마른 나무에 좀 먹듯 뼈만 앙상하게 드러난다. 오늘도 병원에서 몸이 마르는 원인을 알아야 한다며 이런저런 검사로 하루가 꼬박 걸렸으나 협착증 외에는 이렇다 할 병명은 찾아내지 못했다.

집으로 돌아온 그는 옷을 갈아입고 이내 잠들었다. 근력이 떨어지고부터는 코골이도 사라졌다. 앙상한 몰골로 입을 반쯤 벌리고 잠든 모습이 꼭 플러그를 빼놓은 낡은 TV와 같다. 동적인 화면이 정지된, 무의식의 상태, 죽음과 닮아있다.

노년의 시간은 고요하다. 지나온 시간의 흔적들마저 수성

펜으로 메모지에 써 놓았던 일정표가 지워지듯, 생존의 이유와 그에 따르던 스토리가 성취감으로 울려 퍼지던 칸타타 선율이 기억의 파일에서 거반 지워졌다. 때론 세 끼니의 밥 먹는 일조차도 무작위다.

실존에 의미를 잃어버린 시간은 무료하다. 직함과 미래를 지향하던 꿈이 몸을 떠난 지 오래다. 과거와 미래의 경계가 지워지고, 의욕의 씨앗들이 더는 자라날 수 없는 불모지에선 밤과 낮도 말짱 공회전일 뿐이다.

또 하루가 저물어간다. 유리창으로 번지는 저녁놀이 추상적이다. 일몰 시각에 쫓기는 해가 새털구름을 붙잡고 색 놀이를 벌이고 있다. 색채의 형상은 구름의 이동 속도와 부피에 따라 시시각각으로 변한다. 검붉기도 하고, 주홍으로 번지기도 하고, 핏빛으로 타오르고, 진보라와 울금으로 뭉쳤다 흩어지기도 하지만 유감스럽게도 저녁놀은 빛에너지를 무화시킨다. 에너지가 사그라지는 허망한 빛의 유희, 그 아쉬움의 틈새에서 가까스로 찾아낸 맨드라미꽃 빛과 흡사한 놀 한 자락에 시선이 꽂힌다.

1969년 늦가을에 우리는 산동네에 있는 등나무 집 문간방에다 신접살림을 차렸었다. 대문 옆 작은 화단엔 서리 맞아 목 꺾인 맨드라미 몇 포기가 새댁의 시선을 끌어당겼다. 수탉 볏을 닮은 진홍색 시든 꽃이 부디 눈보라 치기 전 자기들 몸 좀 건사해 달라는 간절한 눈빛을 새댁은 외면할 수 없었다.

　연장이란 부엌에서 쓰는 식칼뿐이었다. 살림 나와 고작 저녁과 아침 두 번밖에 사용하지 않은 새 칼을 꺼내다 후물거리는 대궁을 꽃과 분리했다. 소담한 것 여섯 송이만 골라 작은 대나무 바구니에 담았다. 그렇게 건사된 맨드라미는 신혼 방 화장대 위에서 겨울을 넘겼다. 그리곤 봄이 돌아오자 화단으로 다시 돌아가 우주 한 귀퉁이에서 수탉의 관모로 환하게 피었을 때, 우린 첫아기를 품에 안았다.

　산 중턱에 자리한 달동네 문간채는 참으로 부실했다. 문짝도 달지 않은 반 평짜리 난달 부엌엔 구들장 밑으로 바퀴 달린 연탄 박스를 깊숙이 밀어 넣는 아궁이와 찬장 하나만 겨우 놓일 수 있었다. 반찬과 국은 주로 석유 곤로를 사용했다. 방문 앞으로 너비 30cm 쪽마루와 뜰은 추녀마저 짧아 비가 오거나 눈보라 치는 날엔 방안 윗목에 신문지를 깔고 신발 두 켤레를 나란히 들여놓고 지내야 했다. 그러할망정 젊은 내외에겐 지상에서 가장 따뜻한 보금자리였다.

그 따뜻한 보금자리에서 아기가 태어났던 것이다. 아기는 삼라만상을 관장하시는 신의 선물이었다. 신의 선물을 품에 안고 눈을 맞추며 생명의 신비를 뼛속 깊이 새기던 서른 살 애아범이 저렇듯 저물어가고 있다. 비만 오면 길이란 길이 죄다 진창이던 그 산동네를 향해 자전거를 힘차게 밀고 오르내리던 서른 살 젊은이가 어느결에 백발이 되고만 것이다. 분명 어느 지점에선가는 생의 저편으로 사라져 갈 생명의 실루엣이 어찌 저리도 고요한가. 마치 장롱 밑에 숨은 먼지의 집처럼 고요하다.

(『에세이문학』 2021. 가을호)

(≪The 수필≫ 2022. 빛나는 수필 60선)

봄꿈

우수 경칩이 지나면 개울물 소리가 높아진다. 눈 녹은 물이 불어나면서 차고 맑은 물소리가 방안까지 찰랑찰랑 밀려온다. 이건 개울 가까이 터를 잡고 살면서 얻은 특별 보너스다.

나의 봄은 언제나 우수 경칩보다 앞당겨 온다. 음력 정월 중순경에 장 담그는 날이 바로 봄맞이하는 첫날이기 때문이다. 물론 입춘이 앞장섰다지만 동장군이 버티고 앉아 가끔씩 몸살을 앓듯 눈보라를 일으키거나 북풍을 불러들여 전선줄을 붙잡고 귀곡성을 낸다. 하지만 두 번째 말(午)날이 들면 나는 어김없이 장 담글 채비를 갖춘다. 말날에 장 담그는 길일로 지켜온 것은 우리나라의 오랜 전통이다.

장을 담그기 전 미리 겨울 동안 항아리에 쌓인 먼지를 닦아낸다. 터줏대감에게 봄맞이 신고식을 치르듯 장독대 청소부터 말끔히 해 놓은 다음 소금물을 풀어 정수시킨다. 아직은 개울 가장자리로 살얼음이 녹지 않은 때이지만 장은 일찍 담글수록 간장이 맑고 달다. 올해도 미리 풀어놓은 소금물을 항아리에 퍼다 붓고 메주를 넣은 다음 마른 고추와 숯과 대추를 띄워 놓았다.

장 담그는 일로 첫봄을 맞는 연중행사는 시집온 다음 해 봄부터 시작되었다. 마흔일곱 해를 치렀으니 우리 집 씨간장도 중년을 훌쩍 넘긴 셈이다. 속도와 새로운 모방과 패러디와 퓨전의 시대에 아직도 화덕에 솥을 걸어 콩을 삶고 메주를 만들어 띄웠다가 첫 정월에 장을 담는 일은 분명 미련한 짓이다. 하지만 이것만은 우리 집의 내력이고 나만의 고전이다.

우리 집 장독대는 남향받이 산 밑이라 종일 볕이 바르다. 겨울잠에서 깨어난 다람쥐가 제일 먼저 찾아오는 곳이 장독대이다. 크고 작은 항아리 사이를 돌아치다 빈 입이 싱거우면

앞발로 제 주둥이를 비벼댄다. 거짓 시늉이라곤 찾아볼 수 없는 작은 생명의 무위한 동작에 미소를 띠지 않을 수 없다. 길고양이 새끼 두 마리도 종종 찾아와 서로 엉겨 붙어 장난을 치다가 인기척에 놀라 줄행랑을 치는 모습도 사랑스럽기는 마찬가지다. 이는 살아 움직이는 생명들을 바라보는 기쁨이다. 세상사 다 잊어버리고 녀석들과 한나절 노닐고 싶은 생각이 절로 인다.

이런 것은 나이 들어야만 누릴 수 있는 기쁨이다. 봄이 오면 서홍관 선생의 〈꿈〉이란 시가 떠오르는 것도 생존의 고단한 길목을 지나 어느 날 문득 아무런 뜻도 없는 무욕의 공간으로 돌아가고 싶어 하는 순정에 이끌려서이다. 향수 이상으로 애틋함이 묻어나는 시인의 꿈은 "논두렁이나 개울가에 진종일 쪼그리고 앉아 밥 먹으라는 고함소리도 잊어버리고 물위로 떠내려가는 지푸라기만 바라보는 열다섯 살 소년이 되어보는" 것이다.

열다섯 살은 인생의 봄이 시작되는 시기다. 공자께선 열다섯에 뜻을 세우고 지학을 열었다지만 범속한 소년의 열다섯 살은 그냥 혼자 있고 싶어지는 나이다. 잠결에 몽정을 할 수도 있고 때때로 까닭 모를 설렘이 일어 혼자서도 얼굴이 달아올라 종종 어디론가 나가고 싶어질 때이다. 학교에서 돌아와 가방을 아무 데나 던져 놓고 개울가로 달려가는 것도, 물속에서 꼬물거리는 올챙이거나 송사리들이 미나리 여린 잎사귀를 물어뜯는 모습에 정신을 팔고 앉아 어머니가 밥 먹으라고 몇 번이나 고함치듯 재처 불러도 못 들은 척해 보고 싶은 나이다.

그러나 시인의 꿈은 쓸쓸한 로망일 뿐이다. 인생의 봄은 두 번 다시 돌아오지 않는다. 두 번 다시 돌아오지 않기 때문에 시인은 옛날 열다섯 소년으로 돌아가고 싶은 꿈 하나를 끌어안고 있었던 것이다. 하지만 이러한 수구초심은 시인에게만 있는 것은 아니다. 정념과 회한을 안고 도시에서 떠밀리듯 살아가는 수많은 이 시대의 보헤미안들도 인생의 봄이었던 열다섯 살 소년으로 돌아가고 싶어 때때로 성마른 침을 삼킬 것이다.

3월 중순으로 접어들면 청매 십여 그루가 한꺼번에 꽃 피면 청향당 서재는 눈 속에 파묻힌 것처럼 흰빛으로 순연하다. 인생은 저물어 가는데 시절은 봄이라고 매화가 눈송이처럼 흩날릴 때면, 새들은 꽃가지 사이를 넘나들며 제가 부르는 소리가 노래인 줄도 모르고 꽁지깃을 까불거리며 목청을 뽑는다. 나도 가만히 있을 수 없어 가슴을 펴고 들숨으로 매화 꽃 향기를 탐한다. 그리곤 열다섯 소녀가 되어 꽃나무 아래로 내려가 눈송이처럼 휘날리는 꽃비에 몸을 맡긴다. 남편이 저녁 지으라고 불러도 모들은 척 꼼짝도 하지 않을 작정이다.

(『에세이문학』 2016. 봄호)

민들레꽃

질량의 무게는 부피나 크기와 비례하지 않는 모양이다. 한양대학 병원으로 가던 날이다. 보도블록 틈새에 핀 민들레꽃이 제 몸 수십 배도 넘는 나를 불러 세웠다. 꽃 앞에 쪼그리고 앉아 살짝 꽃잎을 만져보니 갓난아기 피부처럼 여리고 보드라웠다. 어쩜 그토록 작고 가녀린 것이 매연과 사람들 발길로 더럽혀진 보도블록 틈새에서 봄을 끌어 올렸는지 생명의 본성이 놀라웠다.

민들레꽃을 보면 오치균 선생의 〈사북의 민들레〉가 떠오른다. 그는 2000년도에 사북으로 들어가 쓸쓸하고 스산한 폐촌의 풍경을 연작 시리즈로 남겼다. 물감을 두껍게 겹쳐

바르는 인파스토 기법으로 녹슨 양철지붕과 석탄가루로 얼룩진 슬레이트 지붕과, 그 아래 놓인 장독대와, 오래된 골목에 핀 민들레와 개나리를 화폭에 거칠고 투박하고 진하게 담았다.

탄광촌 사북은 80년대 후반까지 그런 곳이었다. 빨랫줄에 널린 옷가지들도 칙칙했고 땅도 숲도 검은 빛깔을 띠고 있었다. 그래도 사람들은 눈만 뜨면 돈벌이를 찾아 모여들었고, 생명 있는 것들은 태어나려는 본성을 감추지 않았다. 봄이 오면 석탄가루를 뒤집어쓴 늙은 나뭇가지에서도 새순이 돋아나고, 풀꽃들은 검은 흙을 밀치고 올라와 온전하게 한 생을 살아냈다.

고향 선배도 운명의 힘에 떠밀려 한때 사북의 검은 풍경 속에서 살았다. 사업에 실패한 남편은 막장으로 내려가 탄을 캤고, 선배는 닥치는 대로 품을 팔았다. 상처로 얼룩진 가슴을 그러안고 탄광촌까지 들어갔던 그들 내외는 검은 땀으로 번 얼마간의 돈을 쥐고 고향으로 돌아와 소를 키웠다. 하지만 그들에게는 불행에서 행복으로 가는 길은 멀기만 했다. 선배는 소먹이를 썰다 기계 날에 오른손 검지와 장지가 절단되는 끔찍한 사고를 당했다. 그래도 희망을 버리지 않고 10년을 버티었으나 대장암에 걸려 폐교 사택에서 외롭게 숨졌다. 신의 가호도 기적이란 행운도 그들에게는 인색했다. 아무도 돌보지 않은 외롭고 추운 유역에서 고단한 생을 접은 선배로 하여금 나는 오래도록 아파했다. 그러는 동안 시간은 한 여인의 죽음을 과거의 시간 속으로 밀어냈으며, 또 다른 풍경들로 뒤를 이어갔다.

올해도 봄은 오고, 민들레꽃은 또다시 피어 나를 제 앞에 쪼그리고 앉게 했다.

오, 꽃이여! 오늘은 그대가 뮤지션이로구나.

(『그린에세이』 2018. 3-4월호)

변화, 그 필연성

　주민자치센터에서 글을 모르는 노인들을 대상으로 한글 공부와 그림 그리기 프로그램을 만들었다. 여기에 참가한 할머니들 중 몇 분이 한글을 깨친 다음 글짓기를 시작하였다. 글짓기에 참여한 노인들에게 새로운 세상이 열렸다.

　지도 강사 말대로 보는 것마다 이야깃감이 되었고, 그걸 쓰면 시가 되고 수필이 되었다. 평생 이처럼 신바람 나는 일은 처음이었다. 길고 지루하던 겨울밤이 자신을 위한 알집이 되어 외롭지도 서럽지도 않았다. 해 질 무렵 주홍빛 노을이 텃밭을 감빛으로 물들일 양이면, 이네들이 자식들 키워 분가시키고 홀로 덩그러니 남아 고향 집을 지키는 자신들과 닮은 사실에 눈을 떴다. 그 풍경과 느낌을 놓치지 않으려고 방으로 뛰어 들어와 연필을 꼭 움켜쥐고 삐뚤삐뚤 썼다는 시상이 애틋하다.

시집와 산 지 60년/ 자식들 떠나가고 / 무국 끓여 나 혼자 먹었네./ 해는 서산마루로 넘어가고/ 감빛 노을 텃밭에 깔렸네.

글을 짓게 된 할머니들은 이렇게 자기가 감추거나 참아왔던 속사정과 사연을 문자로 풀어내는 즐거움에 빠졌다. 이러한 행위는 대단한 사건이고 변화이다. 팔십, 혹은 칠십 평생을 번데기 상태로 살아왔던 노인들에게 자기감정을 문자로 언어로 끌어내어 누군가에게 보여 줄 수 있다는 사실 만으로도 날개를 달고 날아오르는 것과 다름없을 터이다. 그늘졌던 노인들 얼굴이 밝아졌고, 어눌하던 의사 표현도 분명해졌으며, 걸음걸이도 당당해졌다. 글짓기를 통해 뇌의 보상체계가 활발하게 작용하면서 문학이란 마인드가 최초로 설계되었기 때문일 것이다.

문학은 이처럼 인간이 지닌 표현의 욕구를 통해 발현되는 정신의 산물이다. 작가의 사유와 이미지와 체험을 통해 소유한 지식과 느낌, 사상 등이 무르녹아 밖으로 표출되고 이것이 독자들과 함께 공감대가 형성되면 작가는 더 이상 바랄 것이 없다. 그러기 위해 끊임없이 새로운 것에 도전하면서 정형화된 패턴을 바꾸어나가도록 노력해야 한다. 실로 외롭고 고단한 노정이다.

한 해의 끝자락, 12월은 신춘문예의 계절이다. 신문사마다 문학담당 기자들은 몇 천 편씩 쏟아져 들어오는 응모작에 몸살을 앓는다. 지역 문화센터에 개설된 문예반 교실마다 작가 지망생들이 줄을 잇는다. 정작 책 읽는 독자들은 줄어들고 있는데, 글을 쓰겠다는 사람들이 늘어나는 현상은 창작이란 행위를 통해 새로운 자기만의 세계를 확립하고 싶어서일 것이다. 더 이상 번데기란 무명의 상태로 머물고 싶지 않아서일 것이다.

그러나 신춘문예의 문턱은 수천 명의 경쟁자를 뚫고 넘어야 하는 아득한 고지다. 한국 고미술사가 중 멋쟁이로 알려진 K 선생은 30년 가까이 신춘문예 청년으로 살았었다. 스스로도 글귀신이 씌어 수십 년을 신춘의 문턱에서 냉대를 받았으면서도 시인의 꿈을 버리지 못하고 반 번거충이로 살았다는 쓸쓸한 고백을 20년이 지난 지금도 생생하게 기억하고 있다.

올해도 수많은 문학청년들이 신춘문예의 문턱에서 낙방이란 고뇌의 쓴잔을 받아 마셨을 것이다. 그러나 나는 믿는다. 이미 그들은 쓰는 행위를 통해 인간살이에서 받은 갈등과 상처를 치유 받았을 것을. 외로움과 슬픔을 적나라하게 까발리면서 어리석었던 자신과 화해하고, 자신이 지니고 있던 모순을 수정하면서 새로운 도전을 모색하고 있을 것이다. 아니 신춘의 문턱에서 버림받았더라도 절대로 물러날 수 없다는 각오를 다지기도 했을 터이다. 이게 문학이 지니고 있는 장점이자 맹점이고 매력이다. 평생을 반 번거충이로 살아왔다는 K선생도 시인으로 명성을 얻지는 못했어도 시를 모르고 산 것보다는 열 배는 행복했다고 자부했다. 시적 정서와 지적 낭만이 심연에 고여 있는 외로움과 삶의 아픔을 어루만져 주었기 때문일 것이다.

인간이 바라는 궁극의 목적은 자신의 꿈을 실현하는 일이다. 작가로 인정받고 싶은 것도 자신이 원하는 꿈에서 비롯된 로망이다. 하지만 프로로 살아남기란 매우 어려운 일이다. 앞에서도 밝혔듯 작가는 매번 새로운 작품을 쓰지 않으면 설 자리가 없어지기 때문이다. 조금만 게을러도 의식 깊이 밴 관성과 상투적인 인식에 갇혀버리거나 진부한 기교에 빠지고 만다.

평소 내가 존경하는 M교수는 30년 가까이 대학 강단에서 국문학을 가르쳤고 시인으로 활동하면서도 손에서 책을 놓지 않는다. 암 수술을 받고 항암치료 열두 번을 받는 고통 속에서도 책을 끼고 살았을 정도다. 읽고 쓰는 일이 몸에 밴 것도 신지식을 습득하기 위해서라고 한다. 그래야만 "기존의 보편적 통념이나 자동화된 생각이나 느낌"에서 과감하게 벗어날 수 있고, 끊임없이 변화할 수 있다는 게 그의 논리이다.

나는 변화를 추구하는 그의 논리에 기꺼이 찬성하면서 맨발의 춤꾼 이사도라 덩컨을 연상했다. 발레리나에서 모던 댄

스 창시자로 변신한 그녀가 미용체조 시스템을 토대로 새로운 춤의 버전을 개발하면서 남긴 말이 인상 깊게 남아 있다.

"춤이란 단순히 추는 동작이 아니라 춤추는 사람의 '정신'과 '사상'을 몸짓에 담아 표현하는 것이다. 만약 춤이 예술로서의 생명을 얻지 못한다면 춤이란 명칭은 고대 먼지 속에 묻어두는 편이 훨씬 나을 것이다."

문학도 이와 다르지 않다. 작가의 정신과 사상은 물론 삶 전반이 작품 속에 녹아들어야 한다. 아울러 작품이 예술로 승화되지 못한다면 작가는 쓰기를 멈추어야 할 것이다. 그렇지 않으면 대형서점 구석에 아무렇게나 방치된 책더미 속에 파묻히고 말 것이다. 작가는 이래서 끊임없이 변화를 모색해야 한다. 세상을 새로운 눈빛으로 바라봐야 상상이 풍요로워지고 작품에 대한 열정도 뜨겁게 달아오른다. 작품 또한 열린 구조로 자연스럽게 발현될 수 있을 것이다.

(『수필미학』 2019. 여름호)

혼인비행
-벌에 대한 소고 · 1

7월은 외기온도가 높아 곤충들이 번성하기에 좋은 시절이다.

오늘은 네 번째 벌통에서 태어난 처녀 왕이 신랑감을 찾아 궁궐 밖으로 납시었다. 이삼일 전에 미리 기억 비행을 해 두었던 터라 처녀 왕은 궁궐 밖으로 나오자 곧바로 수벌을 유인하기 위해 페르몬을 발산하면서 고공행진을 서슴지 않았다.

처녀 벌이 혼인비행을 나서는 날엔 벌통에서 삼사백 마리의 벌들이 쏟아져 나온다. 한꺼번에 그 많은 벌들이 춤사위를 펼치면 어느 놈이 수벌인지 식별이 어렵다. 다만 처녀 왕을 따라 가물가물 고공행진을 감행하는 녀석들만이 수벌일 것이라 짐작할 따름이다.

혼인비행 시간은 길지 않다. 가장 날렵한 용사가 여왕을 뒤를 쫓아가 교미에 들어간다. 그러나 불행하게도 여왕의 발을 물고 짝짓기를 하는 동안 힘센 용사의 생식기는 처녀 왕의 음부에 끼어 절단되고 만다. 생애에 단 한 번 황홀한 오르가즘을 맛보는 순간에 용사는 땅으로 추락한다. 그러나 수벌에게는 영광스러운 죽음이다.

여왕은 용사의 영광된 죽음이 헛되지 않도록 수벌의 낭자를 달고 왕궁으로 돌아와 생을 마칠 때까지 100에서 150만 개의 알을 낳는다. 이렇게 태어난 여왕의 자손들은 지상에서 최고의 비즈니스로 활동한다. 꿀과 꽃가루를 받아내지 못하는 립 서비스는 절대로 하지 않는 영물들이다.

사람의 한 생은 백 년 안팎이다. 영겁의 시간에 비하면 낮잠보다도 짧다. 그 낮잠보다 짧은 생애를 건너는 동안 우리는 시시포스처럼 삶이란 무거운 돌을 끊임없이 굴려 올린다. 하물며 길어야 일 년 남짓 살다가 죽는 여왕벌의 일생은 번쩍 허공을 가로질러 사라지는 번갯불, 그 찰나에 불과하다. 그러나 여왕은 오늘도 죽어라 알을 낳는 중이고, 그의 자식들은 꿀과 꽃가루를 얻어내기 위해 시시포스보다 더 고된 하루를 보내고 있다.

(『그린에세이』 2016. 7–8월호)

수벌의 운명
-벌에 대한 소고 · 2

"일하기 싫어하는 자는 먹지도 말라."

이 말은 고전 바이블에서 사도 바울이 데살로니카 사람들에게 보낸 편지의 일부분이다. 나는 이 명구를 접할 때마다 우리 집 벌통 안에서 무위도식하는 수벌들을 생각하게 된다. 녀석들은 제힘으로 먹잇감 한번 물어 들이지 않고 꿀만 축내는 잉여적인 존재다. 오로지 처녀 왕이 혼인비행에 나설 날만을 기다리지만 이런 요행은 복권에 당첨되기만큼이나 어렵다. 게다가 번식기가 지나거나 먹잇감이 떨어질 기미가 보이면 일벌들은 가차 없이 수벌들을 밖으로 몰아낸다. 애걸복걸해도 소용없다. 호신용으로 쓸 침도 없다. 조물주는 애당초 덩치가 큰 녀석들에게 침이란 무기를 허락하지 않았던 것이다.

수벌은 일생 동안 어두운 밀실에서 기생만 하다가 쫓겨난다. 바깥세상이 얼마나 아름다운지, 일벌들이 꽃과 입맞춤을 하면서 꿀을 따오는 기쁨이 어떤 것인지 전혀 알지 못한다. 하늘이 얼마나 푸른지도 나뭇잎을 흔들고 지나가는 미풍이 얼마나 산들어진지 알지 못한다. 여왕이 장차 태어날 딸의 배필감으로 예비해둔 녀석들이지만, 행운을 얻어 처녀 왕과 랑데부가 이루어진다 해도 이땐 목숨을 걸어야 한다. 그래도 여왕과 짝짓기를 통해 수컷으로서의 위세를 떨치고 자손들을 남길 수 있다면 천 번을 죽는다 해도 사양치 않을 것이다.

올가을에도 높은 산정에서부터 서릿바람이 기침을 토하듯 낙엽을 휘몰고 내려오기 시작하면 녀석들은 무리에서 쫓겨나와 굶주림과 추위에 떨다 스러져 갈 것이다. 자신의 의사와는 상관없이 태어나서 뜻대로 살아내지도 못하고 무리에서 쫓겨나 얼어 죽은 녀석들의 주검을 싸리비로 쓸어다 버릴 양이면 노숙자들이 생각난다. 자신의 존재가치를 포기하고 떠돌이로 살아가는 그들도 무위도식하는 존재들이다. 내 힘으로 당당하게 살아가지 못하고 늘 어둡고 그늘진 곳에서 춥고 외롭게 살아간다. 그들도 세상에 태어났을 때 고성으로 첫울음을 울었을 것이고, 부모들은 자랑스럽게 출생신고를 했을 것이다. 대한민국 국민으로 살아갈 자격이 어엿하게 주어졌음에도 삶의 의욕을 스스로 사장시키고 노숙자로 전락한 것이다. 바울 사도가 '무질서하게 살지 말 것'과 '묵묵하게 일하여 자기 양식을 벌어먹도록 하라'는 가르침도 공염불이 되었음이 애석하다.

기상청에선 내일 밤부터 장마가 시작된다고 한다. 이번 장마로 수벌들이 먹이 부족으로 쫓겨나는 사태가 벌어지지 않기를 바라는 마음 간절하다.

일벌의 일생

-벌에 대한 소고 · 3

집에서 양벌을 키운 지 15년이다.

5월에는 연둣빛 신록 사이로 꽃송어리가 소담한 아카시아와 아구장나무꽃이 핀다. 그러다 6월로 바톤을 넘기면 밤꽃과 찔레꽃이 피고, 산딸나무와 충충나무꽃도 핀다. 모두가 흰색이다.

꽃이 많으니 밀원이 풍부하다. 일벌의 역사가 호된 시절이다. 해오름에서 해넘이까지 벌들은 꿀 따기로 바쁘다.

꿀벌의 무게는 1g 안팎이다. 양봉연구원들은 몸이 작아 한 번에 꿀을 뱃속에 넣어오는 양은 0.02g에서 0.04g 정도라고 한다. 이 양을 모으기 위해 꿀벌은 5천 송이 이상의 꽃을 찾아다닌다. 하루 종일 수천수만 송이의 꽃을 찾아다니며 물어 들여도 고작 0.4그램 정도지만 티끌 모아 태산을 이룬다. 개체 수가 많으면 벌 한 통에 6킬로그램 이상의 꿀이 들어온다.

벌들은 꿀을 물고 안으로 들어가지만 바로 벌집에 저장하는 것은 아니다. 안살림을 맡은 늙은 벌들에게 입으로 꿀을 전달해 주면 늙은 벌은 뱃속에 든 체액과 섞은 다음에 게워 벌집에 저장한다.

벌은 알에서 일벌로 탈바꿈하기까지 21일이 걸린다. 갓 태어난 어린 벌은 꿀을 먹으면서 힘을 키운다. 그런 다음 규율과 조직에 따라 필요한 작업을 분배받는다. 꿀만 물어 들이거나 프로폴리스를 만들거나 문지기 정찰병 등등을 배정받으면 각자 맡은 일에 목숨을 건다. 그러다가 늙으면 살림을 맡는다. 유아 방을 돌보기도 하고 꿀을 저장하는 일을 하다가 그마저 힘에 부치면 무리로부터 멀리 떨어져 나가 홀로 죽음을 맞는다.

이웃집 할머니가 막내아들 손에 이끌려 요양원으로 들어가셨다. 구십 생애를 산마을에서 일벌처럼 칠 남매 먹이고 가르치느라 허리가 휘도록 일만 했다. 노인이 떠나간 샘가엔 할머니의 서러운 참회록처럼 창포꽃이 보랏빛 점을 이루고 있다.

오늘은 푸른 하늘이 참을 수 없이 외롭고 아득하다.

(『그린에세이』 2016. 5-6월호)

나는 등뼈올시다

영장류인 인간들은 우리를 호명할 때 등뼈라고도 하고 척추라고도 부른다. 우리는 집으로 치면 집 전체를 떠받드는 기둥에 속한다. 목뼈로부터 엉치와 꼬리까지 서른세 개의 뼈들이 단단하게 결집되어 몸의 중심을 받치고 있기 때문이다. 또 저마다 맡은 역할도 다르다. 목뼈 일곱 개는 머리의 무게를 바치고, 좌우로 머리를 움직일 수 있도록 고리슴쇠 관절과 연결되어 있다. 등뼈 열두 개는 가슴에 붙은 복장뼈와 함께 열두 쌍의 갈비를 걸어 고정시켜 앞가슴을 이루고 그 안에 오장육부를 담아 보호한다. 그러나 내가 속하는 부서는 가장 힘을 많이 받는 중심부에 있는 허리 척추다. 내 아래쪽으로 엉덩이뼈 다섯 개와 꼬리뼈 네 개가 더 붙어있다.

지구에서 앞발을 손으로 사용하는 동물은 인간들뿐이다. 인류학자들은 현생 인류 조상인 호머 사피엔스보다 몇 만 년을 앞서 호모 에렉투스들이 직립보행을 시작했던 것으로 추정하고 있다. 네 발로 땅을 짚고 다니던 동물이 두 발로 땅을 딛고 똑바로 서서 세상을 내려다보았을 때의 감격은 어떠했을까.

직립보행을 시작하면서 인류들은 빠르게 진화되었다. 수평에서 수직상승으로 사물을 바라보는 눈동자는 욕망을 부추겼을 것이고, 손은 욕망의 노예가 되어 수시로 부림을 당했을 것이다. 따라서 척추들은 직립으로 보행하는 인간들의 몸을 바로 잡아주기 위해 늘 긴장 상태로 견뎌야 하는 고된 역사가 시작되었던 것이다. 그렇다고 해서 주인으로부터 사랑을 받는 존재도 못 된다. 우리는 주인이 응시할 수 없는 곳, 손길도 닿을 수 없는 살 속 깊이에 존재하기 때문이다.

나의 주인은 일 욕심이 많은 편이다. 남들보다 뼈대가 유난히 가는데도 일감을 보면 몸 생각은 전혀 하지 않는다. 책을 붙잡고 앉아도 몇 시간 동안 꼼짝 않는다. 정원에 풀을 뽑으러 나가도 네다섯 시간은 쪼그리고 앉아 풀만 뽑는다. 자신의 나이와 몸을 생각하지 못하는 미련퉁이다. 결국 4번 척추가 5번이 내 앞으로 털썩 주저앉고 말았다. 이때 신경 다발까지 끼어들었다.

이 날로부터 그의 입에서 신음이 그치지 않았다. 우리는 쾌재를 불렀다. 똑바로 눕지도 못하고 고통을 참지 못해 이를 악무는 모습을 보며 고소해서 낄낄거렸다. 우리가 위험 신호를 보낼 적마다 파스나 뜨거운 찜질로 적당히 달래주던 소행이 여간 괘씸하지 않았던 것이다.

하지만 솔직히 우리가 달라붙은 채로 쾌재를 부르긴 했어도 4번 녀석이 내 앞으로 주저앉는 순간부터 나도 숨이 막혀 죽을 맛이다. 그녀의 영감님이 어마지두 겁을 먹고 마님을 신줏단지처럼 모시고 척추전문병원을 찾았다. 의사는 CT와 MRI 영상을 통해 환자의 상태가 매우 위급하다는 것을 알고 곧바로 입원시키도록 조치를 취했다. 그리곤 다음 날 아침, 첫 시간에 그녀는 수술실로 들어갔다.

수술은 두 시간 동안 진행되었다. 그는 고통을 잊고 깊은 잠 속으로 들어갔고, 그 사이에 의사는 내 앞으로 주저앉은 4번 녀석을 떼어 내고 우리 사이에 끼어든 신경 다발도 빼내어 제자리로 앉혔다.

그녀는 마취에서 깨어났지만, 스스로 할 수 있는 것은 한 가지도 없었다. 충복 노릇을 하던 손도 할 일이 없어지자 무료하게 늘어져 있었고, 사물의 형태와 사건들을 본대로, 또 세상의 모든 소리를 들은 대로 입과 한통속이 되어 지껄여대던 눈과 귀도 깊은 침묵 속에 잠겼다. 간병인만이 그녀의 손과 발이 되어주었다.

그녀는 병원에서 2주 만에 퇴원했다. 돌아오자 곧바로 독감에 걸려 20여 일째 앓고 있다. 기관지와 폐에서 가래와 기침을 토해낼 적마다 우리는 복부에 힘을 받쳐주기 위해 안간힘을 쓴다. 소변과 대변을 볼 때도 마찬가지다. 나의 주인 그녀도 배설물이 생식기에서 자연스럽게 나오는 줄 알고 있었지만, 이제는 우리가 도와주지 않으면 아무것도 할 수 없다는 것을 알고는 무척 조심하는 눈치다.

그동안 우리는 무대 뒤에서 얼굴 한 번 비추지 않고 드라마를 이끌어 가는 제작진들과 같았다. 인간들이 직립으로 보행을 시작하면서 우주의 지배자로 막강한 힘을 발휘할 수 있었던 것도 사실은 등뼈인 우리가 오장육부를 보호하고 허리를 받쳐주었기에 가능했다.

벌써 해가 지고 땅거미가 내린다. 하루의 일과가 마무리될 시간이다. 미세먼지 자욱한 거리를 오고 가는 익명의 존재들이 시린 등을 구부리고 어룽거리는 불빛을 받으며 집으로 돌아갈 시간이다. 나도 그만 사설을 접고, 아파서 말을 잃은 그녀의 몸속으로 들어가 추녀 끝에서 울리는 풍경 소리나 들어야겠다.

(『계간수필』 2019. 봄호)

수를 놓다

지난여름, 제주도와 남녘을 거쳐 올라온 장마전선의 기압골이 산마을을 포진하기 시작했다. 검은 구름이 돌진하면서 비바람이 뒤엉키며 퍼붓는 물줄기에 골짜기 하나가 떨어지며 개울을 덮치자 성난 물살은 논과 밭을 휩쓸었다. 거대한 바윗돌이 서로 부딪치며 물살을 타고 굴러와 길가에 세워둔 승용차 세 대를 은박지처럼 구겨 놓고는 다리난간을 부서트렸다. 그리고도 성이 차지 않았던가. 그 여세는 20년간 키운 우리 집 주목 울타리를 치고 들어와 순식간에 물바다를 이루었다. 태어나 처음으로 겪는 재난 앞에서 두려움에 떨 뿐 비명도 지르지 못했다.

날이 밝자 눈앞에 전개된 실상에 기가 찼다. 119구조대도 물이 빠진 뒤에나 들어왔다. 외지에서 들어와 전원주택을 짓고 행복하게 지내던 40대 젊은 친구는 실성하다시피 울부짖었으며, 아랫동네에선 집이 무너지면서 미처 빠져나오지 못한 늙은 아내가 압사당하자 영감이 땅을 치며 호곡했다. 그럼에도 비는 여전히 그칠 줄 모르고 쏟아졌다. 인간들이 지구에게 얼마나 못된 짓을 했는지 본때를 보여주기로 작정이라도한 듯 시간당 350밀리를 퍼부었다. 곳곳에서 산이 무너지고 개울이 범람하고, 농경지가 침수되었다.

우리 내외는 눈만 뜨면 수해로 패어나간 마당과 집안 곳곳에 들어찬 토사를 퍼내는 일에 매달렸다. 정부 지원이란 명분만 요란했을 뿐 그림의 떡이나 다름없었다. 마을 이장이 앞장서서 인근에 있는 공군부대에서 장병들을 지원군으로 보냈지만 삽자루 한 번 들어보지 않은 20대 앳된 청년들은 일머리를 몰라 시간만 때우다 돌아갔다. 충북수필문학과 충주문학 회원들이 소식을 듣고 달려와 장대비를 맞으며 도와주었지만 집이 제 꼴을 갖추기까지 꼬박 한 달이 걸렸다. 남편의 야윈 어깨가 날로 더 수척해졌고 나도 탈진 상태에 이르렀다. 사람이 노동으로 에너지를 소진시키고 나면 삶의 의미는 물론 존재감마저 상실하게 된다. 밤이면 지칠 대로 지친 육신은 깊은 나락으로 떨어지듯 잠이 들곤 했다. 자고 일어나면 정신의 본성도 육체의 고통 앞에선 어쩔 수 없이 피폐해지는 사실에 나는 절망했다.

고심 끝에 집을 팔기로 했다. 20년 동안 자식처럼 애틋하게 돌보며 키웠던 정원의 나무와 조형물들은 우리의 지체나 다름없었다. 그것을 두고 떠난다는 건 대단한 각오를 하지 않으면 내릴 수 없는 결단이었다. 우리는 어려운 결단을 과감하게 내렸다. 5년 전 암 수술로 점점 쇠약해지는 남편을 생각해서라도 더 이상의 미련을 두는 것은 부당한 집착이었다. 수해를 당했지만 정성을 다해 복구한 집은 드론을 띄워 사진을 올리자 울창한 대나무 숲과 연지에 가득 핀 연꽃과, 청동 아치를 감고 올라가 흐드러지게 핀 능소화가 사람들 시선을 사로잡았다. 집은 쉽게 매매되었고, 이로써 우린 20년 전에 떠났던 아파트 문화 속으로 다시 돌아왔다.

그러나 도시로의 귀환은 나를 불면에 시달리게 했다. 수직으로 치솟은 15층 공간은 창살 없는 감옥이나 다름없었다. 숲에서 제멋대로 뛰어놀던 짐승이 우리에 갇힌 꼴이었다. 아니 뿌리가 뽑혀 나간 식물이 되어 시들어가는 현상이 이런 게 아닌가 싶었다. 참새들의 지저귐에 눈을 뜨던 아침이 그리웠고, 밤이면 하늘 가득히 떠 있던 푸른 별빛이 그리웠다. 어둠 속에서 우뚝 다가오던 검은 산의 능선도, 창문을 흔들고 지나가던 바람소리도 추녀 끝에서 울리던 풍경의 맑은 공명도 사무치게 그리웠다. 그리움이 깊어질수록 창백한 기운이 전신으로 번지었고 알 수 없는 불안감이 때때로 엄습했다. 그럴 적마다 손가락 하나도 움직일 수 없을 정도로 무력해질 뿐만 아니라 귀에선 종일 이명이 그치지 않았다.

수면제를 먹고서도 서너 시간 정도밖에 잠을 이루지 못하고 깨어나던 어느 날 새벽에 나는 비로소 나 스스로 생의 뿌리를 뽑아 들고 있음을 발견했다.

찬물로 세수를 하고 지금부터 내가 가장 좋아하는 일을 찾아보자고 자신에게 타일렀다. 수해를 본 지난 6월부터 나는 책 한 줄도 읽지 못했고 글 한 편도 쓰지 못했다. 녹슨 감각과 감성을 되살리기 위해 처방전으로 뽑아 든 것이 수 놓기였다. 용인에 사는 N선생님께서 수라도 놓으면 불면에 치료가 될지 모른다며 수놓을 원단을 보내온 게 동기가 되었던 것이다.

오랜만에 색실과 수틀을 꺼내 놓고 앉으니 평온해졌다. 1970년대 중반이었다. 결혼 6년 만에 새집을 장만하고 들어 앉아 수를 놓았을 때 나는 참으로 행복했었다. 27평 단독주택이 내겐 세상에서 제일 아름다운 집이었다. 창마다 보라색 커튼을 치고 그 안에서 동양자수를 놓았다. 가는 푼사 실을 바늘에 꿰어 남색 공단에 매화꽃을 피우고 난을 피웠으며 모란도 피웠다. 시간이 어디로 흘러가건, 세상이 어찌 돌아가건 나와는 상관없이 누리던 충일함을 상기하는 순간, 삶이란 자신이 자신을 신뢰하면서 가꾸는 텃밭과 같다는 생각에 이르렀다.

무명천에 수본을 그렸다. 손가락 마디도 굵어졌지만 시력이 노안이라 동양자수 대신 손쉬운 서양자수를 놓기로 하고

으름꽃을 넝쿨과 함께 그렸다. 잎은 약간 추상적으로 처리했다. 다음으로 함지 가득히 피었던 연꽃 두 송이를 커다랗게 그려 수를 다 놓은 다음 커튼과 커튼 사이로 휑하게 드러난 창문에 가리개 삼아 걸어 놓고서야 혈흔처럼 남은 기억들을 지울 수 있었다.

    이제 나는 세월의 강을 타고 온 배에 더 이상 미련이나 애착을 두지 않을 작정이다.

(『에세이스트』 2021. 3-4월호)

추사 선생과 불광

　《추사 명품서첩》을 꺼내 놓았다. 이 책은 1976년 지식산업사에서 발간한 것으로 장정에 상당히 공을 들였다. 책의 너비 38cm, 길이 52cm, 상하권의 무게가 15킬로그램이다. 표지는 황금색 비단으로 쌌고, 책을 넣어두는 궤의 꽂이는 상아를 뾰족하게 깎아 아래위로 꽂도록 제작되었다.

　이렇게 궁중에서 사용하던 장황 형식을 빌려 만들게 된 것은 당시 박정희 대통령이 한국의 문화를 세계에 알리고 싶어 석학들을 불러 놓고 논의한 끝에 조선회화와 추사명품서첩을 만들어 해외로 나갈 적마다 국가원수들에게 주는 것으로 결정했다고 한다. 하지만 이 말이 사실이었는지는 내가 직접

출판사를 통해 알아본 것이 아니므로 장담할 수는 없으나 조선회화 두 권도 똑같은 형식으로 만들었다. 뿐만 아니라 작품마다 배접을 했고 각 장마다 미농지를 끼웠으며, 언제건 마음만 먹으면 한 점 빼내어 벽에 걸어 놓고 볼 수 있도록 공들이고 배려했다.

이 책을 나는 들꽃 사진작가 조유성 선생에게서 물려받았다. 80년대 중반에 의사였던 남편과 사별하고 병원과 집을 정리한 후에 "아무리 생각해 봐도 이 책의 주인은 당신이 맞을 것 같다."라며 주고 갔던 것이다. 그즈음 나는 동양과 서양 미술사에 무던히 빠져 있을 때였는데 선생은 그걸 눈치채고 있었던 것이다.

나는 생각지도 못한 선물을 받고 해마다 봄이 오면 창문을 열어 거풍을 시키고 좀이 슬지 않도록 단속한다. 그중에서도 추사 선생의 서첩에 대한 애정은 각별하다. 여름이면 더위에 갇혀 외출도 할 수 없을 땐 서재로 들어가 서첩을 꺼내어 날카롭고도 거침없는 필체와 시문을 하나하나 짚어보는 기꺼움을 나는 귀하게 여긴다. 더러는 마음에 드는 글자를 집자해

편액을 만들어 지인들에게 선물로 보내기도 했다. 서재 북창 위에 걸어 놓은 황화주실(黃花朱實)은 전서체인데 궁굴리고 휘어진 어울림이 모란이 핀 듯 소담하다.

지난 4월에는 영천 은해사에 다녀왔다. 그날 문화답사팀을 따라나섰던 것은 오로지 성보박물관에 소장되어 있는 불광〈佛光〉이란 편액을 보기 위해서였다.

은해사에 도착해 곧바로 성보박물관으로 들어가 〈불광〉을 대면하는 순간 자신도 모르게 두 손을 합장하였다. 그동안 보아온 선생의 글씨 중 가장 고졸하면서도 생동감이 기운차게 느껴졌기 때문이다. 일찍이 청나라의 대석학 옹방강과 완원을 만나 경학과 금석학에 눈을 떴던 선생은 불교학과 지리학, 문자학과 음운학(音韻學)까지 두루 통달하였다. 그러나 예인이 이르고자 하는 마지막 경지는 꾸미지 않은 자연스러운 상태를 추구하셨다. 불광이 그러했다. 형식을 갖추지 않았으나 획 하나도 법도에 어긋나지 않았다. 무심한 듯 움직이던 붓이 바깥쪽으로 내리긋는 획에 이르러선 담대했다. 1.3m 세로획이 기운차게 두각을 드러냈다. 오랫동안 당신의 몸에 밴 모든 기교와 격식을 빼내고 자연스럽게 생동하는 획을 구하기 위해 다락방 가득 파지를 냈던 것이다.

사람들은 좋고 나쁨을 가리는 이분법적 대립을 즐긴다. 작가들은 이런 사람들의 편향을 좇아 온갖 기교를 써먹는다. 글을 쓰는 이들은 문장을 꾸미고 줄거리를 꾸민다. 화가들은 마음속에 들어있는 형상을 색으로 표현하는데 대담하게 강조하기도 하고 어스름하게 감추기도 한다. 그러나 고수들은 많이 꾸민 것일수록 진실하지 못하다는 것을 먼저 알아차린다.

성보박물관을 나와 절을 끼고 흐르는 계곡 앞에서 발을 멈췄다. 적벽을 안고 흘러가는 물은 맑디맑았고, 맑은 물 위로 이우는 벚꽃이 하늘하늘 떨어져 물살을 타고 흘러가고 있었다.

나는 오랜 숙원을 풀었다. 내 생애에 한 번은 꼭 만나야 할 사람처럼 불광을 사모했다. 그 사모함을 30년이 지난 그 날에서야 풀 수 있었던 것이다. 일로향각(一爐香閣), 대웅전(大雄殿) 시홀방장(十笏方丈)도 좋았으나 나는 '佛光'에 반하였다.

돌아오는 차창으로 노을이 붉었다. 들녘엔 보리와 마늘잎이 짙푸르렀고, 과수원엔 복사꽃이 고왔다. 아름다운 풍광이 역광으로 빠르게 스쳐 갔다. 나는 눈을 감고 선생의 초상화를 떠올렸다.

추사는 귀족 가문의 출신답게 용모가 빼어나고 자태 또한 단정하다. 게다가 영조와 정조 재위 시절엔 조선의 르네상스가 열리던 때였다. 글로벌 지식인들과 예인들이 많아서였다. 박재가 이덕무, 《발해고》의 저자 유득공, 박지원 이서구 홍대원 김용해, 정약용과 김홍도와 신윤복 조희룡, 윤두서 이재관 장승업 등등이 새로운 사조를 열어가고자 시도하던 시대였다.

추사 선생은 박재가 문하에서 학문을 연마한 후에는 안진경과 왕희지 조맹부 필법에 안주하는 선비들의 정체성에 염증을 느끼고 자신만의 필법을 개척하기 시작했던 것이다. "글씨란 졸박하면서도 맑고 고고한 기운이 마치 외로운 소나무 가지(孤松一枝)와 같아야 한다."고 설파하였다. 그리곤 자신만의 글씨를 이루기 위해 열 개의 벼루에 밑창이 났고 천

자루 붓이 닳고 닳도록 연마했다. 박지원의 아들 박규수는 선생의 거침없는 붓놀림을 일러 "기가 오듯 신이 오는 듯, 바다의 조수가 밀려오는 듯 싶다."며 존경했다.

선생은 제자들에게 매우 엄격하였다. 팔뚝 밑에 309개의 옛 비문을 새겨야 하고, 가슴속에는 오천 권의 문자가 있어야 비로소 붓을 들 수 있다고 가르치셨다. 그런 선생도 말년엔 칼칼하던 기개가 누그러졌고, 마음에 드는 지기에겐 무척이나 다정했다. 초의선사를 아끼는 마음도 그러했지만, 다산의 제자 황상도 마찬가지였다. 황상이 당신 집을 찾아왔다 돌아간 다음에 지어서 보낸 〈기황수(寄黃叟)〉란 시는 배웅도 못하고 보냈던 선생의 애틋함이 간곡하게 젖어 있다.

  이별의 슬픔 너무 커서/ 문밖에 나가 배웅도 못 하였네/ 오늘 당신과 헤어진 시간 헤아려 보니/ 이미 월출산을 넘어갔겠네 (別褒千萬萬 不忍出門着 今日計君去 應過月出山)

인품이 고매한 학자들은 나이가 들면 신선으로 변한다. 선생도 인간사 옳고 그름에 매이지 않고 오불관언 시간의 흐름에 모든 것을 맡겼다. 꽃이 피면 피는 꽃을 찬하였고, 꽃이 지면 앞의 것이 사라지는 대신 뒤의 것이 다시 생기는 이치를 생각하였다. "때론 작은 창에 별이 달빛이 가득히 들면 선생은 그로 하여금 오래 앉아 있기를 즐겼다(小窓多明 便我久坐)." 이런 선생의 소연한 삶의 포즈를 어찌 사모하고 흠숭하지 않을 수 있겠는가.

　어느새 밤이 깊어가고 있다. 어디선가 소쩍새가 울어옌다. 오늘밤엔 소쩍새 울음소리 때문에 나도 오래도록 적막 가운데 들어있겠다.

(『수필과 비평』 2018. 7월호)

4.

눈사람을 보내고

더운 피의 유전자를 지니지 못한
눈사람은 시간이 지나면서 서서히 녹아내렸다.
입술이 떨어지고 눈썹과 콧날이 뭉개졌으며
목은 황새처럼 길어졌다.
가늘게 야위는 몸통 위로 소나무에서 갈비가 떨어져 박혔고,
부서진 가랑잎도 날아와 붙었다.
10여 일 후에는 민망할 정도로 추해진 모습으로 늙어가던
눈사람은 기어이 형체를 지웠다.
－본문 중에서

새벽에 쓰는 편지

나의 전자우편함에는 오천 통이 넘는 편지가 들어있다. 닉네임 '푸른 잔' 선생님과 20년간 주고받은 편지다. 내용은 하루 일과 중에 일어난 소소한 이야기와 가정사, 사회적인 이슈 등으로 채워진다.

지극히 사소한 듯싶지만, 편지를 읽고 나면 따뜻한 기운이 전신으로 번진다. 나보다 연배이신 그분은 허심탄회 마음을 열어 나를 이끌어주기 때문이다. 또 편지를 공들여 써보내신다. 매번 편지 위에 좋은 사진이나 그림을 구해다 찍어 붙이기로 넣어주고, 당신이 살면서 경험을 통해 터득한 삶의 지혜도 아낌없이 전해주신다.

나 역시 편지를 보낼 때마다 가능한 사진과 시를 한 편씩 골라 넣는다. 그러기 위해 웹 서핑을 나서는데 사이버공간으로 들어가면 참으로 많은 시인의 시를 접할 수 있도록 사이트를 개방해 놓았다. 진실로 고마운 일이다. 그중에서도 '알미네 다음(daum)' 카페를 치고 들어가면 공들여 찍은 사진을 편지의 배경화면으로 사용할 수 있도록 개방해 놓았다. 나는 알미네 카페에서 편지를 쓸 때 사용할 사진을 복사해 들고 나올 적마다 '당신은 참 멋진 사람'이란 찬사와 감사를 보낸다.

　새벽에 일어나 이와 같이 시와 그림을 찾아 넣고 편지를 쓰노라면 나도 모르는 사이에 가슴속으로 기쁨이 차오른다. 편지엔 내 그리움의 무게가 실려 있기 때문이다. 또 편지에 들어갈 시 한 편씩을 매일 서핑을 하다 보면 한 편의 시가 때론 밥이 되기도 하고, 김이 오르는 배춧국이 되어 시린 가슴을 덮혀주기도 한다. 또 서로 시를 통해 교류하는 문학적 공감은 뜻이 맑은 운문이다.

　편지 이야기를 꺼내고 보니 프란츠 카프카의 〈인형편지〉

가 생각난다. 폐결핵 말기 환자였던 카프카는 죽기 몇 달 전 베를린에서 겨울을 보냈다. 그는 매일 연인 도라 디아만트와 집 근처에 있는 공원으로 산책을 나가곤 했었다. 그러던 어느 날 산책길에서 인형을 잃어버리고 울고 있는 소녀를 만나게 된다. 그때 이 작가는 꼬마를 달래기 위해 멋진 상상력을 발휘한다. 네가 가지고 놀던 인형이 멀리 여행을 떠났다고.

아이는 울음을 멈추고 아저씨가 그걸 어떻게 아느냐고 묻는다. 이에 카프카는 천연덕스럽게 자신은 인형의 우편배달부인데, 인형이 너에게 쓴 편지를 깜박 잊고 그냥 나왔다고 한다. 그리고 내일 네가 다시 여기로 오면 인형의 편지를 가지고 와 읽어주겠다고 약속한다.

카프카는 그날 밤부터 인형의 우편배달부가 되어 편지를 쓰기 시작했다. 병들고 가난했던 그는 부품을 주워 모아 조립한 램프로 불을 밝혀 놓고 밤마다 편지를 써 놓았다가 날이 밝으면 아이가 기다리는 공원으로 나가 인형이 여러 지방을 돌아다니다가 여행길에서 만난 근사한 청년과 사랑에 빠지고, 마침내 결혼하고 신혼여행을 떠났다가 돌아와 신접살림을 차리고… 그리하여 소녀에게 다시는 돌아갈 수 없게 된 사연을 소설가의 상상력으로 아름답게 꾸며 읽어주었던 것이다.

그 후, 병이 악화되어 프라하로 돌아간 카프카는 도라 디아만트와 친구 막스 브로트에게 자신이 죽으면 모든 원고를 불태워 버릴 것을 유언으로 남겼다.

나는 가끔 눈을 감고 상상한다. 공원 벤치에 앉아 다섯 살가량의 꼬마에게 다정한 목소리로 인형편지를 읽어주던 낯빛이 창백한 한 남자의 옆모습을. 그의 따뜻한 입김과 숨결을… 이래서 카프카를 사랑하는 독자들은 그의 〈인형편지〉를 세상에서 가장 아름다운 편지라고 말한다.

조선 시대에 편지를 가장 많이 남긴 분은 퇴계 선생이시다. 그분이 생전에 남긴 편지가 3천 통이나 된다고 퇴계학을 연구하는 학자들이 밝힌 바 있다. 그중 아들에게 보낸 편지만 516통인데 내가 소장하고 있는 서간집에는 큰아들 준에게 보낸 편지 164통만 수록되어 있다. 퇴계 선생께서도 자녀들에게 자상하고 다정한 아버지였다. 서울에서 벼슬살이를 할 때는 아버지를 만나고 안동지역으로 돌아가는 아들의 먼 길을 걱정하여 쓴 편지엔 햇볕이 매우 따가울 때나 갑자기 물이 불어날 땐 길을 미루기를 당부했다. 또 하찮은 것을 계교하여 남과 다투지 말 것을 조곤조곤 일러준다. 아들이 잘못될까 봐 미리 염려하는 부친의 지극하고 순정 어린 당부가 164통 편지에 고스란히 담겨 있다.

편지는 이렇듯 서로가 만날 수 없는 공간과 공간 사이를 문장이란 매개체가 넘나들며 서로의 생각과 뜻과 정을 전해 주고 수렴케 하는 가교다.

문단으로 들어온 지 26년이 되었다. 그동안 나도 상당히 많은 분량의 편지를 받았다. 지금은 육필편지를 받아보기 어렵지만 1990년대엔 책을 받으면 정성껏 축하와 책을 보낸 고마움을 써보내는 것이 예의라고 생각했었다. 새로운 밀레 니엄이 열리는 2천 년으로 접어들면서 점차 육필편지가 줄어 들었다. 다시 2010년으로 넘어와선 스마트폰과 이메일을 이 용해 간단한 문자로 바뀌었다.

나는 여섯 권의 책을 낼 적마다 받은 편지를 바인더에 정성껏 철해 두었다. 책을 펴낸 연대별로 가려 바인더에 간직한 편지 모음이 일곱 권을 채웠다. 5백 통이 넘는 이 편지를 보배처럼 아낀다. 편지를 보낸 문단의 어른들 거반이 명부전에 드신 터라 가끔 편지를 꺼내 읽어보면 생존의 모습과 함께 그리움이 목젖을 누르곤 한다.

그중에서 병약한 나에게 글 기둥 하나 잘 붙잡고 살면 고통도 기쁨이 될 것이라고 일러주시었던 매원 박연구 선생님과, 누이동생처럼 아끼면서 자청해 평을 써주시었던 솔내 유경환 선생님의 연락처는 차마 지울 수 없어 주소록에 고이 모시고 산다. 또 멀리 진도에서 외과병원 원장인 조영남 선생은 나의 졸저 ≪숨은 촉≫을 받고 자그마치 A4 용지 26장이나 되는 길고 긴 독후감을 써 보내어 입을 다물지 못하게 했다. 네트워크로 빠르고 간결한 정보가 고속으로 오고 가는 시대에 만년필로 쓴 독후감은 귀한 보물이 아닐 수 없다. 이슥한 밤, 정성이 담긴 편지를 호젓이 앉아 꺼내 읽노라면 편지를 써 보낸 모든 이들에 대한 고마움과 그리움이 새록새록 되살아난다.

사람은 누구나 일생동안 내가 좋아할 수 있는 사람을 만난다는 것, 또 나의 진심을 알아주는 사람을 만난다는 것, 그리하여 서로의 마음을 편지 안에 기탄없이 털어놓을 수 있다면 이는 크나큰 축복이라 할 수 있을 것이다.

10월은 나뭇잎이 저마다의 빛깔로 물드는 계절이다. 곱게 물든 나뭇잎이 우수수 떨어져 내리면 나는 그분에게 10월에 부는 바람은 율려가 아름다운 풍악(風樂)이라고 써 보낼 것이다. 외롭고 고단한 세월의 길목에서 어찌 부부만이 반려(伴侶)라 할 수 있겠는가.

(『수필과 비평』 2016. 11월호)

꽃밭

꽃을 가꾸는 일은 동적인 놀이다. 일 년 중 절반을 나는 꽃밭에서 보낸다. 구근과 한해살이 꽃들을 종류별로 가려 심고 서리 내릴 때까지 보살피는 일은 분명 고된 일이다. 그런데도 아침마다 호미를 들고 꽃밭으로 나간다. 풀을 뽑아주거나, 밤새 두더지들이 뿌리를 건드린 곳은 없는가 살펴보곤 한다. 꽃들도 주인의 정성을 알고 저마다 모양새대로 아침 인사를 건넨다. 이슬을 머금고 반기는 꽃들 앞에 서면 갓맑은 기운이 온몸으로 스며든다.

그러나 계절이 저물기 시작하면 꽃들도 늙는다. 9월 하순 경이면 버성긴 곳 없던 꽃밭에 구멍이 뚫린다. 수명을 다한

과꽃은 선 채로 마르고, 봉선화와 분꽃은 아예 땅에 주저앉는다. 색색이 곱던 백일홍도 씨방을 둘러싸고 꽃잎을 떨군다. 그 모양새가 영락없이 이 빠진 할멈이다.

내가 꽃밭에 외래종 꽃과 장미를 심지 않고 재래종만 심는 것은 고향 집 꽃밭에 대한 미련과 그리움 때문이다. 고향 집과 어머니는 항용 슬픈 정서를 불러들인다. 아니 지나간 과거의 시간들은 슬픔으로 멍들었던 기억마저도 아름다움으로 갱신되고 윤색된다.

나는 엄마가 만든 꽃밭에서 최초로 흙의 신성함과 자연의 섭리를 배웠다. 엄마를 따라 손으로 흙을 부수고 골을 탄 다음 꽃씨를 뿌리고, 짚을 손질해 가지런히 덮어주었던 일들이며, 파란 싹이 자라서 꽃봉오리를 맺고 마침내 꽃이 피어나는 모습을 보면서 감성을 키웠다. 여름밤에 봉숭아 꽃물을 들이기 위해 백반과 소금을 넣고 꽃을 짓이겨 손톱에 붙이고 엄마 무릎을 베고 잠들었던 고향 집 마당은 행복한 성역이었다.

나는 뒤늦게 유년의 꽃밭으로 돌아왔다. 정원에 나무를 심고 꽃밭을 가꾸며 생명의 본성을 배우고 즐거움을 누린다.

이러한 지각을 통해 감성을 조율하고 생의 정조를 다듬는 동안 나도 모르게 삶이 헐거워졌다. 실로 고마운 일이다. 자신만의 패러독스에 묶이지 않고, 동적인 놀이를 통해 생의 무게가 가벼워진다는 것은 바람직하기 때문이다.

(『그린에세이』 2017. 9-10월호)

먹이에 관하여

늦은 밤이었다. 저녁 모임에 나갔다가 가짜뉴스와 댓글 테러로 빚어지는 불행한 사건들을 놓고 설왕설래하다 보니 시간 가는 줄을 모르고 있었다. 열한 시가 되어서 자리에서 일어나 저수지를 끼고 산굽이를 돌아오는 길에 어린 고양이를 만났다. 젖 떨어진 지 얼마 되지 않는 새끼고양이가 라이트 불빛에 놀라 조르르 신작로 반대편으로 건너가 전봇대 뒤로 숨었다. 조막만한 녀석의 눈에서 푸른 섬광이 번쩍 일었다. 나는 얼른 미등만 남겨 놓고 상향등과 라이트를 껐다.

고양이는 새끼들에게 젖만 떨어지면 곁을 주지 않는다. 비정하지만 이제부터는 네가 알아서 살아가라는 경고인 셈이다. 잠깐 동안이었지만 나는 녀석의 뱃가죽이 등짝에 착 달라붙은 것을 볼 수 있었다. 녀석은 굶주린 창자를 채우기 위해 밤새도록 숲을 헤매고 다닐 터이나 녀석이 노리는 들쥐들은 새끼를 데리고 굴속 깊이 은신했을 것이다.

천천히 산굽이를 돌아 나와 마을로 들어서는 동안 케빈 카터가 찍은 〈굶주린 소녀〉의 사진과 여섯 살 난 카터의 딸의 모습이 떠올랐다.

카터는 포토저널리스트였다. 포토저널리스트들은 지구촌 곳곳에서 일어나는 사건, 사고를 사진으로 찍을 뿐만 아니라 사건의 경위를 알리는 커뮤니케이터로서 상당히 위험한 직업이다. 그가 찍은 한 장의 사진과 관찰기록이 사건과 진실을 규명하는 데 정확한 증거물이 될 수 있기 때문이다.

카터는 당시 르완다 내전을 취재하기 위해 황폐한 현장을 뒤지고 다녔다. 어느 날 식량 보급소로 가던 도중에 굶주림에 지쳐 쪼그리고 앉아 울고 있는 소녀를 만났다. 놀랍게도 울고 있는 소녀 뒤에는 독수리가 날카로운 눈매로 아이를 노려보고 있었다. 카터는 이 장면을 즉시 카메라 렌즈에 담았고,

제목은 「굶주린 소녀」였다. 그해 카터는 그 사진으로 꿈에도 소원하던 퓰리처상을 수상했다. 그러나 사진 속의 소녀를 구하지 않았다는 독자들의 비난이 빗발쳤다. 카터는 이를 견디지 못해 자동차 배기가스를 마시고 자살했다. 방세가 밀린 집에 여섯 살 난 딸을 두고서…. 영광스럽게 탄 퓰리처 상금으로 빚과 밀린 집세도 다 갚지 못한 채 죽음을 선택하게 한 것은 사람들이 쏟아내는 비난의 화살을 피하지 못해서였다.

당시 르완다는 남과 북으로 나누어 서로를 향해 총대를 휘둘렀다. 190만 명을 죽음으로 몰고 간 어리석은 싸움이었다. 타이어를 목에 두르게 하고 불을 질러 태워 죽이기도 했다. 이러한 장면을 사진으로 고발하여 세상에 알리던 그를 언론 매체와 독자들은 굶주린 소녀를 외면한 파렴치한 인간으로 몰아세웠던 것이다. 그 후 아이러니하게도 카터가 찍은 그 〈굶주린 소녀〉의 사진을 통해 전 세계의 적십자 단체에서 구호 물품을 보내는 행렬이 줄을 이었다.

댓글은 소통의 창구 역할도 하지만 때론 루머를 퍼트려 자기들끼리 사이버공간에서 응집력을 키워 사람을 죽음으로 몰고 가거나 바보를 만들어 심한 우울증을 앓게도 한다. 카터도 사람들이 조금만 참아 주었더라면 그가 얼마나 대단한 일을 했는가를 알 수 있었을 것이다. 한 소녀의 사진이 수천 명 목숨을 살리는 구원의 빛이 되었음을 알게 되었을 것이다. 사랑의 손길이 아우르며 빚어내는 아름답고 따뜻한 정에 박수칠 수도 있었을 것이다.

오늘 밤엔 아무래도 단잠을 이루긴 어려울 성싶다. 뱃가죽이 등짝에 달라붙은 어린 고양이와, 카터의 여섯 살배기 딸이 눈에 밟혀서이다. 어쩜 여섯 살 난 아이는 아비의 죽음보다도 먹을 것이 더 절실했을 터이다. 지금은 어디서 어떤 모습으로 자라고 있을지 모를 아이의 행적이 몹시 궁금하다.

먹이란 이런 것이다. 밥과 빵이 곧 몸이기 때문이다. 오죽하면 프랭클린은 "가난은 사람에게서 모든 정신과 덕을 빼앗아 간다."고 일갈했겠는가. 먹이란 생존의 문제가 걸린 원초적인 본능이므로 내일 아침에도 나는 쌀을 씻어 솥에 안칠 것이다.

새벽이 오기도 전에

새벽을 깨워

아무도 손닿지 않은

정결한 아침 받아들고

하루치 목숨을 위해

나는 쌀을 씻어 솥에 안친다.

곧 살아 있는 생명들이

침묵을 털며 일어날 것이다

시무룩함은 금물이다

어디선가 반드시 좋은 일이 생길

것 같은 예감을 쌀에 섞어

솥에 안친다.

  - 졸시 〈새벽밥〉 전문

눈사람을 보내고

산간에 눈이 내렸다. 한나절 내린 적설의 깊이는 6센티미터.

넉가래로 눈을 치던 할아범이 병석에 누워 있는 아내를 위해 눈사람을 만들었다. 솔방울로 눈동자를 박고, 숯으로 눈썹과 콧날을 세웠으며, 아침 식탁에서 먹고 남은 토마토를 썰어 입술도 도톰하게 오려 붙였다.

척추 수술로 두 달 동안 병석에 누웠던 아내가 남편의 부름을 받고 지팡이에 몸을 의지하고 나갔다. 할멈은 눈사람을 보자 환하게 웃으며 쓰고 있던 모자와 목도리를 풀어 눈사람 목에 감아주고 모자도 씌워주었다.

그러나 더운 피의 유전자를 지니지 못한 눈사람은 시간이 지나면서 서서히 녹아내렸다. 입술이 떨어지고 눈썹과 콧날이 뭉개졌으며 목은 황새처럼 길어졌다. 가늘게 야위는 몸통 위로 소나무에서 갈비가 떨어져 박혔고, 부서진 가랑잎도 날아와 붙었다. 10여 일 후에는 민망할 정도로 추해진 모습으로 늙어가던 눈사람은 기어이 형체를 지웠다. 생의 질곡이 죽음으로 완성됨을 보여주고 떠난 잔디밭 위로 밤이면 서리가 납덩이처럼 얼어붙었고, 사위는 적막했다. 그런 밤이면 나는 커튼을 내리며 일찍 자리에 들었다.

세상에 태어난 것들은 그렇게 적막한 어둠 속으로 자신의 존재를 지운다. 무의 상태로 돌아가는 길 앞에선 누구나 혼자다.

잠이 오지 않는 밤이면 살아온 자취를 돌아보게 된다. 남달리 뛰어나거나 기름진 삶을 바란 적도 없었건만, 시름과 근심이 잦았고 몸은 늘 고단했다. 주어진 행로를 잃지 않기 위해서였다. 자식들을 기를 때에도 농작물을 가꿀 때도, 장을 담을 때도, 책을 읽고 글을 쓸 때도 미련하다 싶을 만치

공을 들였다. 그래야만 되는 줄 알고 살았다. 그렇게 혼신을 부리다 보니 소멸의 노을이 전신으로 번진다.

　나도 어느 날엔가는 눈사람처럼 홀로 낯선 곳으로 사라질 것이다. 피할 수 없는 필연의 귀결인 줄 알면서 눈에 들어오는 것마다 애틋하지 않은 것이 없다. 거친 산맥을 넘어가는 구름도, 바람결에 울리는 풍경 소리도, 창가에서 겨울 햇살을 끌어내려 얇은 살 속에 품는 제라늄꽃 빛도 눈물겹도록 애틋하다.

(『그린에세이』 2019. 12월호)

(≪The 수필≫ 2020. 빛나는 수필 60 선정)

책이 있는 풍경

　서재 청향당은 본채에서 동쪽으로 조금 떨어져 있다. 처음 서재로 쓰던 방바닥 구들이 책의 무게를 견디지 못하고 내려 앉는 바람에 후원 옆 대나무 숲 앞으로 터를 닦아 별도로 건물을 앉혔다.

　건물은 일자형이다. 데크를 거쳐 방안으로 들어서면 뒷벽 가운데에 화선지 길이만큼 창을 내어 대나무 숲이 한눈에 들어온다. 앞 벽은 출입문과 통창을 내어 방안에서도 앞산과 마주 볼 수 있도록 안배했다. 나머지 공간은 책으로 채웠다. 20대부터 사들인 책이 일만 권 가까이 되어 책꽂이는 제재소에서 목질이 단단한 나왕 목을 켜다가 앞뒤로 책을 꽂도록 제작했다.

청향당은 문명의 기기라곤 천장에 달린 형광등과 찻물 끓이는 전기주전자뿐이다. 한쪽으론 소나무로 만든 차탁을 놓고, 그 위론 목이 긴 청자 매병과 조선 회화전집을 올려놓았다. 책의 크기가 워낙 커 책꽂이에 들어갈 자리가 없어서다. 그중에는 추사 선생 글씨만 모은 것이 두 권이나 된다. 이건 귀한 자료라 소중하게 다루지 않을 수 없어 각별히 신경을 쓴다. 방 가운데론 차를 마실 때 쓰이는 다구와 분청다기 한 벌 조촐히 갖추었다.

서재로 들어갈 때는 스마트폰도 가져가지 않는다. 세상사는 물론 사람들과도 말을 섞고 싶지 않아서다. 게다가 서재가 대숲에 포근하게 들어앉은 풍광도 좋거니와 울 밖으로 큰 개울이 있어 방안에서도 여울이 큰 돌과 작은 돌 사이에서 초서체로 출렁거렸다. 또 바람이 일면 대나무 잎사귀들이 쓸리며 내는 나지막한 울림과 추녀 끝에서 들려오는 풍경의 맑은 공명은 머릿속에서 바글거리던 잡념을 일순에 걷어낸다. 관여맹난자 선생이 당호를 청향당(聽香堂)이라고 지어준 것도 기왕이면 들리는 소리만 들을 게 아니라 소리의 향기도 놓치지 말았으면 해서였다.

지금은 소한 무렵이다. 산이 깊어 한 번 구름이 몰려오면 사나흘씩 머문다. 며칠 전에 눈이 내렸으니 지금쯤 지붕 선을 타고 고드름이 줄지어 매달려 있을 것이다. 종유석처럼 매달린 고드름이 청향당 추녀로 햇살이 기웃거릴 양이면 여기저기에서 산산조각으로 형체를 부순다. 그 파격적인 음향은 매우 전위적이다.

지난해 가을, 우리 내외는 도시 아파트로 보금자리를 옮겼다. 붉은 기와를 얹고 밝은 베이지색 벽체와 고풍스러운 아치형 창문이 달린 집과, 서재를 두고 떠난다는 건 눈물겨운 일이다. 하지만 척추 수술 이후 산촌 생활은 무리라는 걸 알고 용기를 내어 정리했던 것이다. 그때 끌어안고 온 책이 1천여 권이다. 그 이외엔 문단 후배들과 책을 필요로 하는 사람들에게 나눠주었고, 또 이사 올 사람도 책을 그냥 두고 가길 원해 5천 권 정도를 책장과 함께 넘겨주었다. 그러나 오랜 세월 손때 묻고 내 숨결이 밴 책과의 결별로 한동안 우울증을 앓았다.

이곳에선 서재가 따로 없다. 거실 한쪽 벽을 책으로 채우고 나머지는 두 개의 방으로 분산시켰다. 먼저 책이 있는 분위기를 살리기 위해 거실 앞 벽엔 전통매듭으로 만든 작품 두 점만 걸었다. 밑으론 텔레비전 받침대가 놓이고, 양쪽으로 백자 소형 항아리와 청자 다완, 그리고 궁중 자수로 놓은 신사임당 초충도 액자가 놓였다. 거실 소파도 가죽이 아닌 고동색 원목으로 제작된 것으로 구입하였다. 그리고 나무의 딱딱한 질감을 커버하기 위해 무명천으로 방석 네 개를 도톰하게 누벼 깔았다. 커튼 역시 무명천에 야생화 수를 간결하게 놓아 달았다. 현대와 옛것의 어울림이 그런대로 내 안목에 찬다.

신도시로 이사를 온 후 1년 동안 나는 책 읽는 것을 소일거리로 삼았다. 2년째 코로나 블루로 타인과의 왕래가 끊기고부터는 저마다 개체로 존재할 수밖에 없는 유폐된 상황을 독서를 위한 호재로 삼았던 것이다.

지난해에도 적잖이 책이 늘어났다. 초봄에 에이모 토올스가 쓴 《모스크바 신사》, 한동일 《라틴어 수업》, 승효상

≪묵상≫ 외에도 10여 권을 더 보태었다.

최근엔 헤르만 헤세의 ≪유리알 유희≫, 강우방 선생의 ≪미술과 역사 사이에서≫, 법정 스님 ≪오두막 편지≫를 다시 읽었다. 좋은 책은 영원한 고전이다. 읽을 적마다 영혼이 정화되고, 사유의 폭이 넓어질 뿐만 아니라 삶에 에너지로도 작용한다. 따라서 늙음으로 자존감을 훼손시키지 않도록 나름의 재량으로 마음 다스리는 방법도 배운다.

나는 오늘도 책 둥지에 들어앉아 글을 쓰고 있다. 지난 1년 동안 월간지며 계간지는 물론 작가들의 단행본이 산더미를 이루었다. 책장에 더 꽂을 자리가 없어 나의 방안은 책상과 침대만 제외하고 빙 둘러 책이 쌓여 있으니 책 둥지라 해도 과언은 아닐성싶다. 따라서 책 둥지에서 글자를 파먹는 한 마리 좀 벌레로 산다는 건 행복한 일이다.

(『수필 오디세이』 2022.)

행복처방전

연륜의 퇴적층이 쌓일수록 신체 부위를 컨트롤하는 뇌라는 사령탑에 수시로 비상이 걸린다. 허리협착증 수술을 받은 지 일 년도 안 되어 이번엔 왼쪽 무릎이 붓기 시작했다.

성당 교우 데레사 부부가 운영하는 '성모병원'을 찾았다. 시골 도로변에 있는 병원은 나지막한 단층 건물이다. 차를 병원 건너편에 대놓고 출입문을 열고 들어서는 순간 나는 어리둥절했다. 환자들은 하나같이 손에 찻잔을 들고서 즐겁게 담소를 나누는 모습이 동네 사랑방을 연상시켰기 때문이다.

시골 면 소재지에 있는 병원은 환자들 대다수가 노인들이다. 데레사는 남편과 함께 병원으로 출근하면 해종일 병원을 찾아오는 노인들에게 말벗이 되어주고 차 봉사로 일과를 보낸다. 심지어 다리가 불편한 노인들에게는 처방전을 들고 약국심부름은 물론 약값까지 도맡아 지불해 준다.

해종일 차를 대접하는 일은 중노동이다. 따뜻한 물 한 잔을 건네받으며 이 버거운 일을 어찌해낼 수 있냐고 물었다. 그는 힘들어도 베풀 수 있고 도와줄 수 있어 자신이 더 행복하단다. 진료실 안에선 남편이 환자들을 진료하고, 대기실에선 아내가 산골에서 찬바람 속을 걸어온 환자들을 반갑게 맞아 따끈한 찻잔을 들려주는 모습은 참으로 훈훈하고 정겨웠다.

사람들은 흔히 누군가를 사랑하고 돕는다는 것은 아무나 할 수 없는 어려운 일이란 편견을 가지고 있다. 그러나 남을 돕는 일을 조금씩 익히다 보면 일상으로 이어진다. 방글라데시 수도 다카에서 차로 두 시간 거리에 있는 코람톨라 병원에 근무하는 이석로 원장은 25년 동안 빈민촌 사람들을 위해 의료봉사를 해왔다. 키 153cm밖에 안 되어 병역의무를 면제받고, 남들이 치르는 군 복무 3년 기간만 의료봉사를 하고 돌아올 요량으로 지원하고 떠났으나 눈만 뜨면 밀려드는 환자들을 뿌리치고 떠나올 수 없어 주저앉았다고 한다.

이렇게 청년 의사 발목을 붙들어 앉힌 주민들 태반이 열악한 환경에서 발생한 피부병과 결핵 환자들이다. 게다가 수술실이 비좁아 환자를 바닥에 눕혀 놓아야 했고, 수술할 의사가 부족하여 미처 수술을 받아보지도 못하고 죽어가는 사람들이 부지기수였다. 그는 자신의 연봉 반을 병원에 반납했다. 부족한 의료장비와 외과 의사를 충원시키기 위해서였다.

코람톨라 병원은 기독교 연합단체인 '콤스'에서 보내는 후원금으로 운영하는 터라 운영비와 약값이 턱없이 부족하다. 이런 환경 속에서도 무료로 간호학교를 설립했고 아내는 유치원을 냈으며 수학교육학을 전공한 딸도 아이들을 가르치고 있다. 가족들의 이런 행적이 한국 의료계에 알려졌다. 보령제약회사에서 이석로 원장에게 보령의료봉사대상으로 선정해 상금 5천만 원을 주었다. 그 돈을 받아다 수술실 확장에 썼으며, 아산의료재단에서 2019년 의료봉사대상자로 뽑혀 상금 3억을 받았다. 이 상금도 입원실을 늘리고 엘리베이터

놓는 데 쓸 것이라고 한다.

인터뷰에서 그는 자신을 돕는 후원자 대다수가 형편이 어려운 사람들이라는 얘기를 털어놓았다. 가진 것이 많은 이들은 가진 것을 지키기 위해 주머니를 열지 못하지만, 어렵게 살아가는 사람들은 어려운 이들에게 동질감을 느끼기 때문에 그들이 필요한 게 뭔가를 더 알아준다는 얘기였다. 아울러 25년 동안 그곳 사람들과 한통속으로 어울리다 보니 학벌, 돈, 명성이란 겉치레에 지나지 않더라고 했다. 기실 인간이 추구하는 진정한 행복은 내면을 살찌우는 일이고, 이걸 깨달으면 자연이 남을 도우며 살 수 있고, 사람을 섬기게 되더란 말이 깊은 울림으로 가슴에 안겼다.

인간의 행복은 누군가를 사랑하고 돕고 섬기는 기쁨에서 출발한다. 존재 자체가 서로 공생하지 않으면 살아갈 수 없기 때문일 것이다. 뇌 과학자 마이클 가자니가 교수도 "대뇌에 연관된 모든 메커니즘은 인간관계를 잘해나갈 수 있도록 설계되어 있다"고 논평했다.

키 작은 거인 이석로 원장은 방글라데시에서 '코리안 슈바

이처'로 통한다. 그가 개인적으로 이루고 싶었던 야심과 꿈을 포기하고 가난한 이들 곁에서 자신을 온전히 헌신하고 있기에 얻어진 명성일 것이다. 산척성모병원 원장 부인도 마찬가지다. 궁벽한 산촌의 작은 병원에서 외롭고 가난한 노인들에게 차를 타주고 때론 약값을 지불하고, 언 손을 어루만지면서 느끼는 소박한 희열 때문에 종일 발목이 붓도록 봉사할 수 있는 것이다.

무릎에 연골주사를 맞고 병원 문을 나설 때부터 내리던 빗줄기가 점점 굵어지는 모양이다. 오늘은 성모병원에서 데레사를 통해 행복하게 사는 처방전을 얻었다.

사람은 사람과 어울려 살아야 행복하다. 서로 껴안아 주고, 나란히 어깨를 겨루기도 하고, 서로의 결핍을 채워가며 살아가면 더불어 행복하고 따뜻하게 살아갈 수 있다. 이제부터 육신의 고통으로 얼룩졌던 나의 일상과 의식에도 작은 변화의 바람이 일어날 것이다.

(『수필 오디세이』 2020. 창간호)

목발, 그 가변적인 오브제

"나에게 건강한 하루를 달라. 그러면 나는 제왕의 영화도 일소에 붙이리라."

이 말은 미국의 자연주의자 랄프 왈드 에머슨이 한 말이다. 에머슨이 남긴 이 아포리즘적인 명구를 약국 앞에서 처방전을 가방에 구겨 넣고 허탈하게 발길을 돌리려는 찰나에 마치 파일함에 저장해 놓은 작품에 마우스를 대고 클릭하였을 때처럼 정확하게 떠오른 것은 참으로 다행한 일이다.

그렇다. 사람은 누구나 극도의 상황을 겪어보지 않고는 감히 제왕의 권위와 영화를 일소에 붙이지 못할 것이다. 제왕이란 최고의 권력을 누리는 자리가 아니던가. 하지만 제왕도 몸이 아파 죽을 지경에 처해지면 모든 게 허사다. 성현들도 누누이 일렀다. 천하를 얻어도 건강을 잃으면 소용없다고.

건강한 체력은 이렇게 권력의 순위를 아래로 떨어뜨린다. 건강한 농부가 병든 정승보다 낫다는 것도 이래서 생긴 말일 것이다. 지금 나도 두 발로 가고 싶은 곳을 마음대로 갈 수 있는 보행의 자유가 우선이다.

토요일 정오 무렵이었다. 장 화백과의 점심 약속이 있어 시내로 나가기 위해 차고로 향하던 중 왼발이 옆으로 접히면서 오지게 넘어졌다. 단번에 심한 통증과 함께 발등이 부어올랐다. 의사는 발등에 금이 갔다며 무릎 아래까지 바투 깁스를 대 주었고, 담당 간호사는 목발 두 개를 건네주며 보폭을 절대로 크게 잡지 말라는 주의를 쐐기 박듯 단단히 일렀다.

목발은 생각보다 어려웠다. 몸의 체중이 목발로 쏠리는 터라 자칫 넘어지면 더 크게 타박상을 입을 수 있게 생겼다. 조심스럽게 걸음을 떼어 놓으면서 병원에서 내준 처방전을 들고 약국을 찾아 나섰다. 그러나 병원 옆의 약국 건물에는 장애인을 위한 길을 따로 배려하지 않았다. 모서리가 날카로운 대리석 계단을 목발에 의존해 올라가야만 약국으로 들어 갈 수 있었다. 처음으로 목발을 짚기 시작한 나로선 위험천만 한 모험이 될 것 같아 지레 겁을 먹고 발길을 돌리고 말았다.

시간은 어느덧 여섯 시가 넘었다. 거리에는 사람들로 붐볐고, 건널목 앞에는 더 많은 이들이 신호등에 파란불이 들어오기를 기다리고 있었다. 나도 대열에 끼어들었다. 빨간 불이 점멸되자 횡단보도에는 일시에 건너오고 건너가는 인파로 물결을 이루었다. 질서와 규칙에 길들여진 사람들의 발걸음은 하나 같이 바쁘게 움직였고, 나도 온 힘을 다하여 앞으로 나갔으나 굼벵이처럼 굼뜬 동작은 노란 띠가 쳐진 중간 지점에서 멈추고 말았다.

졸지에 내 작은 몸뚱이는 중앙선에 걸쳐진 장애물이 되었다. 이럴 수도 저럴 수도 없는 상황에 처한 나를 향해 차들은 요란하게 경적을 울리면서 꼬리에 꼬리를 물고 더운 바람을 일으키며 질주하였다.

내 몸은 불덩이처럼 달아올랐다. 이어 억울하다는 심사가 목젖을 자극했다. 어찌 내게 이런 일이 벌어질 수 있는가 싶었던 것이다. 발을 헛디딘 것도 아닌데 왜 넘어졌으며, 왜 발등에 금이 가고 인대가 늘어났다는 건지, 삼복염천에 정강이까지 깁스를 대어 놓고 소염제를 복용해야 한다는 건지 내게 벌어진 상황들을 도저히 이해할 수도 용납할 수도 없었다. 고작 4차선 도로를 통과하지 못하고 도로 복판에서 엉거주춤 서 있는 꼬락서니라니. 나는 그동안 신으로부터 오랫동안 유기(遺棄)되었던 존재였었나 싶은 노여움과 슬픔이 파도처럼 밀려들었다.

7월의 해거름은 눈치 없이 늘어져 오후 여섯 시가 지났건만 해가 서천으로 넘어가려면 한 시간은 족히 기다려야 할 터였다. 한낮의 기온이 36도까지 올라간 끝이라 아스팔트에서 올라오는 열기와 차량에서 내뿜는 열기가 불가마를 연상시켰다.

손목의 관절 마디에 통증이 일기 시작하였다. 류머티즘 환자인 내 손목의 연골은 일찌감치 망가져 물건이나 손잡이를 잡은 힘이 매우 약하다. 더구나 동작을 멈추고 있을 때엔 애오라지 믿을 데라곤 겨드랑이뿐이다. 목발을 바짝 겨드랑 밑으로 들이밀었다. 등줄기에서도 얼굴에서도 땀이 비 오듯 흘러내렸다. 어금니를 도사려 물었다. 신호등을 건너서도 300 미터 정도는 더 걸어가야 차를 대놓은 공용주차장에 닿을 수 있다. 현기증이 일었다.

그때 평생을 목발에 몸을 의지하고 살았던 장영희 선생의 해맑은 미소가 떠올랐다. 그녀가 어느 해 여름날 동생과 윈도 우 쇼핑을 나갔다가 옷가게 주인으로부터 거지 취급을 당하 고 돌아온 이후 검소한 생활의 패턴을 바꾸었다고 했다. 목발 을 짚은 사람이 옷차림마저 초라하면 아무리 배운 것이 많아 도 거지 취급을 당할 수밖에 없는 현실을 뼈아프게 실감한 때문이었다.

그 후 아침마다 거울 앞에서 화장과 옷차림을 위해 10분 동안을 할애했다. 그건 자신을 위해서라기보다는 자신이 재 직하고 있는 학교의 명예를 실추시키지 않으려는 배려와, 자 신을 선생님이라고 부르는 학생들의 체면을 세워주려는 의도 가 더 크게 작용했다고 고백했다.

순간 손가락과 손목에 힘이 쥐어졌다. 꿈속에서조차 목발 을 짚어야 안심할 수 있었다던 장영희 선생에 비하면 이 정도의 아픔은 아무것도 아니란 용기가 손목에 힘을 실어주었다.

다시 파란 불이 들어왔다. 태양은 허기진 시간을 붙잡고 늘어졌지만, 사람들은 하나같이 바쁘게 횡단보도로 뛰어들었다. 나도 조만간 두 발로 씩씩하게 걸을 수 있을 것이란 희망을 안고 목발을 보폭만큼 앞으로 내밀고 나갔다. 이번엔 빨간 불이 들어오기 전에 인도로 성큼 올라설 수 있었다.

사람이 한 생을 살아가노라면 별의별 일을 다 겪게 된다. 뜻하지 않은 곳에서 넘어질 때가 있는가 하면, 하룻밤 사이에 유명을 달리한 친구의 부음을 듣기도 한다. 그야말로 하늘에는 헤아리지 못할 비바람이 일고, 사람은 조석(朝夕)으로 길흉화복이 따른다던 성현들의 가르침이 하나도 틀리지 않는다. 아무런 조짐도 없이 불시에 찾아드는 환난일수록 피하려 들면 더 꼬인다. 이럴 때는 차라리 자신을 있는 그대로 열어놓는 편이 낫다. 자신의 취약성을 과감하게 드러내 놓으면 자신이 미처 알지 못했던 숨은 능력이나 지략이 서서히 나타나면서 해결의 실마리도 풀어나갈 수 있기 때문이다.

나는 넘어진 자리에서 쉬어가는 심사로 한 달 동안 꼼짝 않고 책상에 붙어 앉아『수필과 비평』에 연재했던 원고를 퇴고하여 수필집 ≪점은 생명이다≫를 출간하였다. 출판사로부터 보내온 짐을 풀고 책을 꺼내 들었을 때 내 얼굴은 눈물로 얼룩졌다. 참으로 먼 길을 걸어왔구나 싶어서였다. 이제는 쉬고 싶다는 생각도 들었다. 칠십 평생 병을 달고 살아온 나로선 남들처럼 산다는 게 쉽지 않았다. 더구나 연재 도중에 지병이 악화되어 한 해 겨울 동안 손바닥 허물이 죄다 벗겨져 장갑을 끼지 않으면 얼굴조차 씻을 수 없었다. 팬티도 입지 못했다. 인조고쟁이 하나로 겨울을 보내면서 불면증까지 겹쳐와 결국 연재를 중간에 포기하고 말았다.

아직도 내가 거처하는 방에는 목발 두 개가 손길 닿는 자리에 세워져 있다. 오래지 않아 버리게 될 저 가변적인 오브제는 두 달 동안 나는 목발이 되고 목발은 내 왼발이 되어 함께 동거했다. 더는 불규칙한 숨결과 아픔에 젖은 빗방울이 내 얼굴을 적시는 일은 일어나지 않기를 손을 모아 성호를 긋는다.

(『수필미학』 2016. 겨울호)

손에게 미안하다

지난여름에 있었던 일이다. 만기가 된 운전면허증을 새로 발급받기 위해 경찰서엘 갔으나 도장을 깜빡 잊고 간 탓으로 신원확인을 지문으로 대신해야 했다. 나이만큼이나 쇠한 손을 들어 지문을 찍었지만 지문의 형태가 제대로 나오질 않았다. 다음 날 도장을 가지고 다시 나오겠노라 양해를 구하고 돌아서야 했다.

그때 박노해의 시 〈행갈이의 힘〉이 떠올랐다. 그도 나처럼 지문을 찍어야 할 일이 생겨 수출품 생산직에서 일하던 손으로 지문을 찍었으나 형태가 나타나지 않자,

"어,/ 지문이 없어/ 선명하게 없어/ 선형도 이형도 문형도

사라져 버렸어"

외마디처럼 내뱉은 그의 시가 지문이 닳아 없어진 내 손에 깊숙이 꽂혔다.

마침 점심시간이 되어 경찰서에서 가까운 식당을 찾아 들어갔다. 맞은편 자리에 먼저 온 젊은 엄마가 돌 지난 아기와 식사를 하고 있었다. 아이는 엄마가 떠 주는 자장면은 한사코 먹지 않겠다고 손을 내젓고 제 손에 들려있는 포크로 반도 더 흘리면서 면발을 입에 퍼 넣었다.

나는 웃음이 나왔다. 녀석이 포크를 움켜쥐고 있는 손아귀 힘이 여간 다부져 보이지 않아서였다.

아이들은 돌만 지나면 무슨 일이건 제가 하겠다고 홀로서기를 시도한다. 어미는 성가시지만 그런 새끼가 기특해 녀석이 똥을 싸도 예쁘다고 잘했다고 엉덩이를 두들겨 주면서 키우다 보면 손끝이 닳고 닳는다.

애비들도 마찬가지다. 어떤 이는 땀으로, 어떤 이는 펜으로, 어떤 이는 기술로, 어떤 이는 머리를 써 밥벌이를 하지만, 그 일은 하나에서 열까지 손을 써야만 해낼 수 있다. 손은 사사롭게는 자신의 비망록과 가족사를 쓰는 것이지만, 크게는 역사와 문명사를 기록하는 데도 기여했다.

또 한 해가 저물어가고 있다. 손가락 열 개를 부챗살처럼 펴들었다. 항상 근로기준법을 어겼던 손이다. 그럼에도 여러 사람들 앞에 가면 슬그머니 탁자 밑으로 숨던 손이다. 생각할수록 손에게 미안하다.

곧 새로운 한 해가 열릴 것이다. 사멸과 신생이 몸을 바꾸어 태어나듯, 시간도 끝자락에 이르면 새로 태어난다. 새해엔 가능한 손을 덜 부릴 생각이다. 그래야만 지워진 선형, 이형, 문형이 다시 살아날 것이 아닌가 싶어서이다.

(『그린에세이』 2017. 11-12호)

지구촌 미래가 두렵다

월간지 『숲』과 『함께 사는 길』은 처음부터 '숲과 지구 살리기'와 '생태 담론'을 주제로 출범했었다. 지구온난화로 발생되는 생태 교란은 물론 수자원 부족까지 염려하는 그들의 뜻이 좋아서 상당 기간 후원회원으로 참여했었다.

나이 든 내가 이런 단체에 관심을 갖게 된 것은, 도시에서 시골로 삶의 터전을 옮기고 난 후, 농촌 환경이 빠른 속도로 오염되고 있는 실태를 보고만 있을 수 없어서였다. 2천년대 초반만 해도 농민들 거반이 환경에 대한 인식이 전무한 편이었다. 생활 쓰레기는 물론 사람들 발길이 뜸한 산골짜기엔 쓰다 버린 전자제품은 물론 자동차 폐타이어까지 아무렇게나

버려져 있었다. 생각 없이 버리는 습관이 몸에 밴 이들의 인식을 바꾸기란 쉽지 않았다. 더구나 타지에서 들어간 우리 내외의 설득은 전혀 먹혀들지 않았고, 꼴불견 식으로 응수해 버렸다. 고민 끝에 우리는 행동으로 보여주기로 작정하고 1년 동안 짬만 나면 개울 주변과 전답 여기저기 굴러다니는 쓰레기를 손수레를 끌고 다니며 걷어 들여 한곳으로 모아놓았다. 그리곤 충주 시청 환경과를 찾아가 쓰레기분리수거장의 필요성을 설득했다.

뜻이 있으면 길은 열리게 마련이다. 1년 후에 마을 위쪽으로 쓰레기 분리수거장 건물이 들어서게 되자 마을 사람들은 남편에게 마을에서 수장급인 이장을 맡겼다. 이장을 맡은 남편은 새마을지도자와 반장들을 앞세워 농약병과 농사짓는 데 썼던 비닐을 수거하고, 생활 쓰레기도 분리해 놓았다. 농사짓는 데 썼던 폐비닐은 재활용생산업체로 넘겨주니 수입금이 적잖았다. 그 돈으로 주민들에게 설탕과 밀가루와 식용유 등을 구매해 나누어 주자 마을 사람들도 생각하는 바가 달라지기 시작했다. 함부로 생활 쓰레기를 버리지 않았고, 농약병과 플라스틱 제품도 알뜰히 모아 쓰레기 분리함에 넣었다. 시청에서 일주일에 한 번씩 쓰레기차가 들어와 쓰레기를 실어가고, 충주시에서 환경이 가장 쾌적한 마을로 인정받게 되었다. 또 여름철이면 농지 주변에 있는 가로등을 꺼주어 예전처럼 시퍼렇게 고개를 쳐들고 빈 쭉정이로 말라버리는 작물도 사라졌다. 식물도 밤에는 잠을 자야 열매가 제대로 영근다는 생물학적인 원리를 직접 눈으로 보여주므로 성공을 거두었던 셈이었다.

그러나 지구의 기후는 빠르게 변하였다. 1999년 5월에 산마을로 들어갈 때만 해도 저녁이면 개똥벌레들이 사방에서 반짝였다. 한여름에도 저녁이면 긴 팔 남방셔츠를 입어야만 잔디밭으로 나가 개똥벌레들의 군무와 밤하늘의 별들을 관찰할 수 있었다. 집 옆으로 흐르는 개울물은 일급수여서 다슬기들이 작은 돌에도 다닥다닥 붙어있었고, 송사리들이 떼로 몰려다녔다.

뿐만 아니었다. 파충류들도 많았다. 장마철이면 두꺼비란 놈이 장독대 앞까지 나와 어슬렁거렸고, 경칩만 지나면 개구리들이 몰려나와 짝짓기로 와글거렸었다. 암놈 한 마리에 수컷이 자그마치 대여섯 마리씩 덮쳐 더러는 익사하는 사고도 발생할 지경이었다. 그야말로 숨탄것들과 사람들이 한데 어울려 살아가는 이상적인 산마을이었다.

그러나 20년이란 세월이 흘러가는 동안 지구온난화 속도는 빠르게 진행되고 있었다. 현대인들이 이루어낸 산업혁명과, 삶의 질적 향상과 편리를 위해 석탄과 석유와 천연가스 사용이 기하급수로 늘어났다. 산촌에서조차 가스와 석유로 난방시설을 바꾸었고, 집집마다 시샘하듯 건조기는 물론 반수 이상 자동차도 한 대씩 보유하게 되었다. 이렇게 생활 수준이 높아지는 반면 지구는 거꾸로 우리가 모르는 사이에 자연스럽게 이루어지던 지구 온도 시스템에 균열이 일어나기 시작했던 것이다. 북극과 남극의 빙하가 1년이면 영국 지도 두 배씩 녹아내린다고 한다. 히말라야 고원의 만년설도 마찬가지일 것이다. 이러한 현상에 따라 생태계에도 많은 변화가 잇따랐다.

산촌에서 선풍기 한 대로 여름 한 철을 충분히 넘길 수 있었던 기온이 에어컨을 들여놓도록 상승했고, 해마다 강수량이 줄어들어 개울물이 오염되고, 개똥벌레 유충의 먹잇감이던 다슬기도 자취를 감추었다. 먹이사슬 관계가 끊어지자 개똥벌레의 군무도 사라지고, 개구리들 개체 수도 턱없이 줄어들었다. 또, 강가엔 가시박이란 덩굴식물이 무섭게 번져 남한강 언저리에 있는 나무들은 거반 보쌈당한 꼴이 되었다. 미국선녀 나방이란 곤충도 농산물 유입을 통해 들어와 나무들의 진액을 빨아먹어 고사시켰으며, 과수원엔 화상병이란 신종 미생물이 과일나무 줄기세포 조직을 파고 들어가 나무를 말라 죽게 만들었다. 3대째 대물림으로 내려오던 친정집 과수원도 역병을 막지 못해 1만 평에 심어 놓은 30년생 사과나무를 모두 베어 땅에 묻어야 하는 참변을 겪었다.

이렇게 사람들만 코로나로 시련을 겪는 게 아니었다. 사과나무도 화상병이 번져 전국에 사과나무 수천 그루가 전기 톱날에 잘리고 뿌리째 뽑혀 땅에 묻히는 변고를 겪었다. 한때 광우병으로 소들이 산 채로 땅에 묻히는 기막힌 사태가 이번엔 사과나무로 바뀌어 눈물겨운 현상을 또 한 번 치러야 했다.

농지도 마찬가지다. 예전엔 인분과 퇴비로 땅을 비옥하게 만들었지만 지금은 비료만 사용하다 보니 토질이 산성으로 바뀌었다. 이를 막아볼 요량으로 소와 돼지, 닭들의 배설물을 가공해 농민들에게 공급해 주지만, 이미 사료에 항생제가 들어있어 흙도 적잖은 내성이 생겼다. 들깨나 참깨를 심어 놓으면 땅내 맡기 무섭게 오갈병이 든다. 이때 바로 농약을 쓰지 않으면 그대로 말라비틀어지고 만다. 그 외에도 고추나 가지에 생기는 탄저병과 흰가루병, 파나 부추에 생기는 곤자리 등으로 농민들은 농약을 쓰지 않고는 도저히 농사를 지을 수 없는 게 농촌의 실정이다. 철저하게 외부와 접촉을 방지하도록 설계된 건물 안에서 수경재배로 농산물을 가꾸지 않고는 무농약 재배란 거의 불가능하다.

지난해 초겨울 우리 내외는 21년 동안 정들었던 오지에서 신도시로 나왔다. 내가 척추 수술을 받은 이후론 더 이상 집 관리와 농사일을 해선 안 될 상황이라 어쩔 수 없이 아파트 단지로 보금자리를 옮겨야 했다.

이곳으로 이사와 크게 놀란 것은 아파트 단지에서 매일 쏟아져 나오는 엄청난 쓰레기였다. 코로나 사태 이후에 대형 물류센터에서 주문받아 배달되어 오는 박스가 산더미를 이루었다. 우리 집 역시 예외는 아니다. 하지만 설거지하는 것조차 귀찮아 일회용 용기를 사용하는 젊은 층들의 생활패턴에 나는 고개를 내젓지 않을 수 없었다. 게다가 아기들 기저귀와 여성들 생리대도 엄청나게 쏟아져 나온다. 갓난아기 한 명을 키우는 데 일회용 기저귀를 사용한다면 1년에 6천 장을 쓴다는 통계를 읽은 적이 있다. 1년에 70만 명의 아기가 태어난다면 42억 장이 소모된다. 그러려면 아기들 기저귀를 위해 나무 5만 그루가 해마다 잘려 나간다는 얘기다. 여기에 더하여 요양병원에서 환자들에게 쓰는 성인용 기저귀와, 코로나 사태로 지구촌 78억 인구가 한 달간 사용하고 버리는 일회용 마스크가 1,290억 개가 소모된다고 한다. 1회용 마스크와 함께 따라붙는 것이 코로나 검사에 사용하는 기구와, 검사원들이 한 번씩 입고 버리는 방역복은 또 얼마나 많을 것인가. 이 모든 것들을 처리할 때 발생하는 유해물질을 생각하면 지구가 온전할 수 없음은 자명한 일이다.

올여름에도 대홍수와 폭염과 산불로 지구촌이 몸살을 앓았다. 특히 캘리포니아에서 일어난 산불은 60여 일 이상 지속되었다. 고온 건조한 날씨로 인해 발생한 산불로 엄청나게 배출되었을 탄소로 인해 지구의 온난화는 더 빠르게 상승했을 것이다.

이러한 복합적인 요인들로 가속되는 지구의 온난화 현상을 두고 유엔에서 만든 기후변화위원회(IPCC) 연구원들은 지구가 여섯 번째 멸종위기를 맞을 수 있게 될지도 모른다고 우려하고 있다. 하지만 지금껏 화석에너지를 기반으로 인류가 발전해온 산업시스템은 이산화탄소를 포기하기는 어려울 것이다. 또한 현대인들 역시 편리함에 길들여져 일회용 용기나 플라스틱 제품과 기저귀 사용 또한 포기하지 못할 것이다.

생각할수록 안타까운 일이다. 온실가스 저감기술과 탄소배출 감소를 위한 방법과 기술이 속도를 내야만 병든 지구를 살릴 수 있을 터인데, 정부에서도 이웃 나라에서도 이론만 무성할 뿐 이렇다 할 성과를 내지 못하고 있다. 게다가 한류가 흐르는 북대서양과 인도양, 남태평양과 가까운 일본 동쪽에도 쓰레기들이 떠밀려와 거대한 섬을 이루고 있다. 염도와 강한 햇볕에 부식되어 미세한 입자들이 바다 밑으로 가라앉을 상황을 생각하면 후손들이 살아갈 지구촌 미래가 두렵기만 하다.

(『수필미학』 2021. 겨울호)

종메의 힘

－특집 〈나의 삶과 문학〉에서

밤바람이 추녀 끝에 매달아 놓은 풍경을 건드리고 지나가는 모양이다. 정적을 깨는 경쇠의 울림은 바람이 일으키는 파장이다. 그러나 바람이 아무리 파장을 일으키고 싶어도 추가 동(動)하지 않으면 종은 제가 지닌 진동음을 일으킬 수 없다. 청동을 얇게 두드려 만든 이 물고기란 조형물은 가벼운 미풍에도 온몸을 흔들어 답한다. 붕어가 전신으로 바람을 받아들일 적마다 쇠에서 발생한 파장들이 공기의 분자들과 부딪쳐 울리는 그 맑은 떨림, 그게 풍경 소리다. 서로 다른 분자와 분자끼리 만들어내는 이 상생의 울림은 언제 들어도 그윽하다.

범종도 마찬가지다. 당목으로 당좌를 치지 않으면 종은 그저 쇳덩이에 불과할 뿐이다. 오로지 당목이 충격을 가하여야만 제가 품고 있는 진동수를 토해낼 수가 있다.

작가들도 그러하다. 자기 안에 품고 있는 고유한 진동수를 끌어내기 위한 수단으로 문학이란 메를 붙잡고 살아간다. 어떤 이는 시로, 어떤 이는 소설로, 어떤 이는 시조로, 어떤 이는 희곡으로, 또 어떤 이는 수필로 자기만의 진동수를 언어란 종메를 빌어 나와 세상과 우주와의 합일을 꿈꾼다.

그러나 내 안의 진동수로 세상과 우주와의 합일을 이루기란 얼마나 아득한지 나는 아직도 커서가 깜박이는 컴퓨터 화면이 막막하다. 문단에 발을 들여놓은 지 20년이 넘었는데도 그러하다. 필경 글을 잘 쓰려는 욕심 때문에 속을 비우지 못해 일어나는 현상일 것이다.

내가 처음 글을 쓰게 된 동기는 신문사 칼럼 쓰기에서 비롯되었다. 1989년 충청일보에서 처음으로 여성 칼럼을 개설해 놓았을 때였다. 네 명의 필진 중에 한 분이 2회를 쓰고 펑크를 냈다. 문화부 담당 기자는 펑크 난 자리를 메울 새로운 필진을 물색하는 과정에서 내가 발탁되었던 것이다. 단골서점 주인이 담당 기자를 불러 무조건 찾아가면 좋은 일이 생길 것이라고 바람을 넣어서였다.

땜빵 식으로 시작한 집필은 충청일보에 이어 중부매일과 동양일보와 국민일보에서 만든 여의도 에세이로 이어졌다. 신문사의 칼럼을 돌아가며 쓰는 동안 문학적인 자질을 인정받게 되었다. 그 인증서를 가장 먼저 보낸 분이 펜클럽 회장을 역임하고 현재는 수필시대를 맡고 있는 성기조 대표이시다. 당시엔 교원대학에서 국문과 교수와 충청일보 논설위원으로 활동하고 있었는데 신문에 실리는 내 글을 눈여겨보고는 문체가 간결하고 뜻이 깊다며 시 짓는 공부를 해 보는 것이 어떠냐는 제안을 내놓았다.

귀가 솔깃했다. 하지만 시사성이 강한 칼럼만을 써오던 터여서 뒤늦은 시 짓기 공부란 결코 만만치 않을 성싶었다. 더구나 그때까지는 문학에 대한 열정이 밑바닥에 고여 있을 때여서 기실 글을 쓴다는 것이 두렵기도 했었다. 답을 찾지 못해 어물거리는 내 모습에서 이미 속내를 간파한 교수님은 대학원생들에게 교재로 쓰는 《문학과 비평》을 퇴임할 때까지 보내주는 것으로 격려해주었다.

신문사 칼럼 외에도 KBS방송국 라디오 프로그램에 우리는 자주 초대되었다. 신춘특집으로 세시풍속이나 음식문화 등을 다루게 되면 으레 내게 진행을 맡기곤 했다. 그럴 적마다 교수님은 진행에 어려움이 없도록 안배해 주었고, PD가 의도하는 요점을 간단명료하게 정리하여 매너가 좋고 실력 있는 패널로 대접받았다. 지금 그분이 발행하는 잡지에 내가 필자가 될 줄은 꿈에도 모르던 시절이었다.

신문사 칼럼을 기초 삼아 1991년 월간 『수필문학』에서 2회 등단 절차를 거쳐 문학동네로 입성하게 되었다. 이후 오늘에 이르기까지 수필이란 한 우물만을 파왔다. 도중에 시나 소설을 써보라는 유혹을 여러 번 받았지만, 한사코 수필만을 고집한 것은 보통 사람들이 살아가는 삶의 기미를 포착하고 파악하는 재미와, 삶의 리얼리티, 또는 인간의 가치를 옹호

할 수 있어서 좋았다. 그러나 수필은 작가가 숨을 곳이 없다. 오로지 자신이 경험하고 보고 인식하고 깨닫고 사유한 정신의 산물에서 발생하는 것들을 주제와 소재로 삼아야 한다. 때문에 작품 속에는 작가가 사물을 인지하는 능력은 물론 문체를 다루는 버릇까지 낱낱이 드러나기 때문에 "글은 바로 그 사람이다"라는 말이 적중하는 셈이다. 아니 수신의 기본을 갖추지 않고는 쓸 수 없는 글이다. 이런 진지함에 매료되어 신춘문예서도 유독 수필만 따돌림을 당하는 외로운 장르를 지금까지 고수해왔다.

글을 쓸 때에 글감이 안으로 들어와 자리를 잡을 깨까지 기다리기도 하지만, 때론 섬광처럼 스치는 영감을 붙잡고 단번에 써 내려갈 때도 있다. 그러나 내 안에서 한 편의 글로 발현되기를 원하는 주제와 소재들 앞에서 나는 매번 언어선택에 고심한다. 아무리 글감이 좋아도 문장이 따라주지 않으면 글이 치졸해진다. 언어 하나하나가 모여 문장이 만들어지고, 그 문장은 곧 작품의 성패를 결정짓는다. 군더더기 없는 일물일어설(一物一語說)로 표현된 작품은 담박하면서도 뜻이

도탑다.

글은 아는 만큼 쓰는 것도 원칙으로 삼는다. 기자불입(企者不立)이란 말이 있다. 이 말은 까치발을 딛고는 오래 서 있지 못한다는 뜻이다. 작가들은 누구나 좋은 글을 쓰고 싶은 열망을 품고 있다. 그러나 내가 아는 만큼만 써야 탈이 붙지 않는다. 잘 쓰려고 억지춘향으로 문장을 꾸미거나 철학적 깊이로 진지해지면 까치발을 딛고 서 있는 꼴이 되고 만다.

마무리 단계로 들어가면 제목과 주제가 잘 조응하는가를 살핀다. 그다음으로 체험의 재생과정에서 과장을 부린 곳은 없는가 살피고, 내용을 이끌어나가는 문장의 호흡과 리듬의 고저가 잘 어울리는가를 점검한다. 끝으로 문장 부호배치와 쓸데없는 접미사나 조사, 의존명사가 들어있지 않나 살피고 추려낸다. '적' '의' '을' '를' '것' 등을 자주 사용하면 문맥이 깔끔하지 못하다.

그리곤 사나흘 후에 퇴고에 들어간다. 다시 일주일 후에 퇴고하면서 내 새끼가 밖으로 나가도 욕을 먹지 않겠는가를 구체적으로 짚어본다. 그래도 내놓고 나면 후회하는 구석이 많다. 글이란 품기도 어렵고 밖으로 내보내기도 어렵다. 이게 글쟁이의 고충이다. 그래 작가들이 평생 경계해야 할 세 가지 가르침을 마음속 깊이 새긴다. '나이 들었다고 배우지 않으려는 것, 낡은 지식을 버리려 하지 않는 것, 끝으로 재학습을 받지 않으려는 것'이다. 이건 미래학자 엘빈 토플러가 강조한 패러다임이다.

풍경이 다시 울린다. 종이 저리 맑은 소리를 낼 수 있는 것은 속이 비어 있어서다. 범종의 울림이 허공에 파문을 일으켜 놓는 것도 말 그대로 허공이 크게 허하고 공하기 때문이다. 허한 공간이 무한하게 열려 있으므로 소리의 파장이 형성되는 것이고, 형성된 파장이 공기의 입자들과 만나 독특한 음을 만들어 내는 것이다.

올겨울엔 나도 크게 허(虛)하고 싶다. 감히 그러고 싶고, 감히 그럴 수 있었으면 좋겠다.

(『수필시대』 23호 2008.)

김애자 수필집

봄, 기다리다